***Maurice Bouchet** est né en 1937 dans la Loire, de parents agriculteurs. À l'heure de la retraite, il décide de saisir sa plume. Bien lui en prend : ses romans,* La pierre au mercier, Le chêne foudroyé *– prix Beaujolais 2004 –,* Les Souliers ferrés *– prix Obiou 2006 – et* La fille du pertuis *ont déjà séduit de nombreux lecteurs.*

Là où disparaît le torrent

Du même auteur

La Fille du pertuis, collection Romans, De Borée, 2006.
Les Souliers ferrés, collection Romans, De Borée, 2005.
Le Chêne foudroyé, collection Romans, De Borée, 2004.
La Pierre au mercier, collection Romans, De Borée, 2003.

Imprimé en France en mars 2008
Dépôt légal : avril 2008
ISBN : 978-2-84494-705-5
ISSN : 1769-1788

Maurice Bouchet

Là où disparaît le torrent

De Borée

I

Altercation

D'UN VIOLENT COUP D'ÉPAULE, l'homme a poussé la porte. Hébété, il a tangué sur le seuil. Il a ricané, pour lui-même, s'est appuyé de la main gauche au chambranle pendant que sa main droite farfouillait dans sa poche, en extrayait un mouchoir à carreaux roulé en boule. Il a torché maladroitement les filets de bave qui lui coulaient aux commissures des lèvres :

« Nom de D… ! Qu'est-ce que je tiens ! »

Ses yeux papillotaient cherchant à deviner ce qui se passait dans la salle commune qu'une ampoule accrochée sous un petit chapeau de lampe en tissu orangé éclairait d'une lumière douce. Il a deviné, plus qu'il n'a vu, la silhouette figée près du buffet dont les vitres dépolies des deux battants de porte laissaient filtrer les faibles éclats de la vaisselle qui dormait sur les étagères.

Il a hasardé deux pas de plus, s'est arrêté indécis. Son corps a oscillé d'avant en arrière… Trois pas encore, les pieds raclant le sol… il a failli tomber avant de se raccrocher à la table. Il a levé la tête et sa bouche, tout à coup, s'est crispée dans un rictus mauvais :

« Anna ! Nom de D… ! Qu'est-ce que t'as à me zieuter comme ça ? »

La femme n'a pas répondu. Ses mains, qui s'affairaient à son chignon, se sont figées. Comme indépendante, la droite est descendue lentement pour aller se cacher dans la poche de la blouse grise où elle a commencé un manège discret qui agitait le tissu de mouvements imperceptibles. Son regard s'est attaché sur le visage de l'homme et ses lèvres murmuraient une prière silencieuse.

La pendule franc-comtoise a brusquement rompu le silence qui s'installait. À chaque coup du carillon qui emplissait la salle d'une vague sonore, l'homme clignait des yeux et, au dernier « dong ! » qui s'est étouffé dans les coins sombres de la pièce, il a semblé réaliser quelque chose d'incongru :

« C'est que 5 heures et… toi t'es déjà debout ? Où tu vas comme ça ?

– Voyons Gaston… On est dimanche et je t'avais dit qu'y avait le pèlerinage à la Salette[1]. »

---

1. La Salette (Hautes-Alpes) : basilique construite dans la montagne au-dessus des hameaux du même nom. Lieu probable-

Gaston s'est redressé, a essayé de faire un pas en direction de sa femme, puis y a renoncé. Il a ricané avant de constater :

« Nom de D… ! J'en tiens une sacrée ! »

Il a secoué la tête, comme un chien crotté qui s'ébroue, et ajouté méchamment :

« Encore tes bondieuseries, hein ? »

Anna, sans répondre, a ouvert le buffet. Elle en a sorti un bol de faïence blanche, une boîte métallique, et posé le tout sur la table. Elle est allée vers le poêle et a proposé d'une voix mal assurée :

« P't'être que tu veux un bol de café ? J'en avais fait pour moi, y doit être encore chaud.

– Du café ? Tu te fous de moi avec ton café ! C'est bon pour les mauviettes dans ton genre ! Tiens ! Donne-moi plutôt un canon ! »

Au risque de perdre l'équilibre, il a tenté d'écarter du pied le banc de bois rangé le long de la table :

« Oh ! Merde de merde ! Alors, ce canon ? Ça vient oui ?

– J'crois pas que ça te fasse du bien… P't'être que tu ferais mieux de boire un café ? »

Gaston s'est figé. Un étonnement est passé sur son visage. Il a regardé Anna par en dessous :

« Qu'est-ce t'as dit ?

– Ben, p't'être que t'as assez bu non ? Le café…

– Oh nom de D… ! Mais c'est qu'elle me ferait la morale ! Du café ! J't'en foutrai moi du café ! J'veux

---

ment ainsi appelé pour désigner l'endroit des pâturages où le sel était donné aux bêtes.

un canon ! T'as entendu garce ? Un canon ! Attends voir ! »

Sous l'effet d'une colère soudaine, Gaston s'est mis à marcher presque droit. La main levée, il s'est approché d'Anna. Elle, a porté son bras gauche devant son visage dans un geste enfantin de défense. Gaston a frappé, une gifle qui a atteint la pommette. Il s'est affalé contre sa femme avant de se redresser tant bien que mal. Le poing serré maintenant, il a frappé à nouveau, au hasard, pendant qu'Anna se faisait suppliante :

« Gaston, non ! Arrête Gaston ! Tu me fais mal ! »

Un goût écœurant de sang lui a empli la bouche. Inconsciemment, sa main droite a fouillé derrière elle, s'est arrêtée sur le tas de bois rangé près du poêle, s'est agrippée à une bûche. Elle ne sentait qu'à peine les échardes qui lui déchiraient la peau. Il y avait cet homme devant elle, contre elle, qui lui soufflait son haleine avinée au visage, et dont les poings la martelaient à l'aveuglette. Elle a eu mal, elle a eu peur surtout, la peur animale qui jette la bête de droite et de gauche à la recherche de la sauvegarde ; affolée, elle a levé la bûche au-dessus de la tête dont les yeux striés de rouge la fixaient méchamment… elle a abattu la bûche, un seul coup… Elle a ressenti le choc dans son bras et son épaule, et cru percevoir un léger bruit de quelque chose qui se brisait… Sans même s'en rendre compte, elle a reposé la bûche et sa main a replongé dans la poche du tablier.

Gaston s'était arrêté de cogner. Les traits de son visage se sont amollis. La surprise, intense, est passée dans son regard. Sa main s'est portée au-dessus de son oreille. Il a tâté, par petites touches précautionneuses, tout en geignant :

« Aïe ! ... »

Lentement, comme un pantin qui se désarticule, il s'est agenouillé, puis s'est assis par terre. De l'index, à nouveau, il a exploré là où la bûche l'avait frappé. Il a gémi, et sa voix a trahi un étonnement douloureux de gamin capricieux :

« Ouille ! La garce ! Mais, c'est vrai qu'elle m'a cogné ! »

Presque comiquement, il a regardé son doigt :

« Putain ! Ça saigne pas, mais ça fait mal ! Nom de D... ! Ouh la garce ! »

Pendant quelques secondes, il ne s'est plus rien passé. Gaston soufflait, à petits coups oppressés, et Anna remuait les lèvres dans une prière muette accompagnant le manège de sa main droite qui tripotait quelque chose de caché au fond de la poche de son tablier.

* *
*

Anna s'est figée ; on a entendu des pas hésitants dans l'escalier de bois qui, contre le mur au fond de la salle, permet d'accéder à l'étage. Des pieds nus sont apparus, puis les jambes… Celui qui descendait s'est arrêté. Son buste s'est penché sur la rampe qui débouche sous le plafond. Gaston a levé la tête. Il a marmonné :

« Manquait plus que lui… »

Il a tenté de se relever, est retombé lourdement sur ses fesses :

« La salope ! Elle m'a pas raté ! »

La voix inquiète d'Anna a appelé :

« Maximin ! Viens m'aider ! Ton père… ton père, il est tombé. »

Gaston a pleurniché :

« Tombé ? Tu parles… c'te garce elle m'a bien aidé ! »

Maximin a descendu l'escalier. Il était grand, mince ; il ressemblait à sa mère avec, en plus, une grâce animale dans le port de tête et la démarche. Il a regardé l'homme qui était assis sur le sol, avant d'aller vers sa mère. Il lui a caressé la pommette qui avait rougi et s'est inquiété doucement :

« T'as mal ? »

Elle, a fait non de la tête avant de constater en montrant le père du menton :

« Faut qu'on l'aide. Tout seul, il y arrivera pas… »

Gaston, accablé, baissait le nez, le cou rentré dans les épaules. Ils l'ont pris, comme ils pouvaient, chacun par un bras et l'ont soulevé ; ils l'ont assis sur le banc. Gaston s'est accoudé lourdement à la table et a quémandé d'une voix geignarde :

« Un p'tit canon… J'boirais ben un p'tit canon… »

Anna a interrogé Maximin du regard, et lui a détourné la tête. Anna est allée vers le buffet, en a sorti un litre de vin entamé et un verre qu'elle a rempli à moitié. Elle l'a posé devant Gaston qui s'en est saisi gauchement. Pendant qu'elle rangeait le bol et la boîte de sucre, il a bu, avec un bruit de succion et commenté :

« Garce va… T'en as mis du temps ! »

* *
*

Anna et Maximin étaient debout l'un à côté de l'autre, si semblables. Anna a sucé une goutte de sang écarlate qui avait perlé sur son pouce là où une écharde avait transpercé la peau. La mère et le fils regardaient Gaston qui, tout à coup, a rendu les armes d'une voix pleurnicharde :

« Foutez-moi le camp ! Y a la Sainte Vierge qui vous attend… pis… l'autre là, l'curé, avec son eau bénite… »

Il s'est affalé, le buste sur la table, en renversant le verre vide qui a roulé avec un tintement étouffé sur la toile cirée. Bientôt, la tête dans le berceau des bras, il a commencé à ronfler.

Anna, dont le visage retrouvait peu à peu la sérénité, a constaté, soulagée :

« Bon ! Y va dormir pendant un bon moment. Nous, faut qu'on se dépêche ou je vais rater le car. Allez, va vite finir de t'habiller. »

Elle a rangé la bouteille de vin dans le buffet et s'est enquise :

« Tu m'as pas dit, aujourd'hui, tu vas où ?

– Vers le Pas du Follet, probable.

– Bon, bon… Fais attention hein ! Je t'ai garni ton sac. J'pense qu'tu reviendras sur le soir, comme moi ?

– Oui, m'man, sur le soir. »

Pendant qu'il répondait, Maximin regardait son père, cet homme qui dormait sur la table, et Anna a souffert de ce qu'elle croyait lire dans les yeux de son fils. Vite, elle a ajouté :

« Quand on reviendra, ça ira mieux… Ça lui aura passé. »

Maximin a haussé les épaules et remonté l'escalier sans répondre.

II

Boit-sans-soif

MATHIAS EST RESTÉ DEBOUT derrière la ligne de frênes qui ont poussé sur le talus en face de la maison d'Anna. Il n'a jamais pu appeler cette maison autrement que « la maison d'Anna », parce que c'est la réalité, même si Gaston n'a jamais voulu en convenir et prend un ton de propriétaire quand il plastronne avec les « chez moi » dont il parsème volontiers sa conversation. Les poings de Mathias se sont desserrés peu à peu et la tension qui crispait son ventre s'est relâchée. Il a senti l'air qui filait doucement entre ses lèvres entrouvertes, libérant ses poumons de la longue apnée involontaire que l'attention douloureuse leur avait imposée. Mathias a presque tout vu. Ça s'est passé comme d'habitude. Les retours de Gaston se passent toujours comme d'habitude et lui, Mathias, ne connaît que trop bien ces retours.

* *
*

Ce matin encore, il s'était levé très tôt : il ne dormait pas. Il a étendu le bras et, sans presque chercher, ses doigts ont rencontré le petit œuf oblong de la poire qui pend contre le bois du lit au-dessus de sa tête. La pression de son pouce a déclenché un petit « crac ! » et le plafonnier s'est allumé. Cette poire, il faudrait la changer mais... il y a tant de choses qu'il faudrait changer. Les yeux de Mathias ont consulté machinalement le réveil métallique, sur la commode : bientôt 4 heures et demie.

Il est sorti de son lit. Il a saisi le réveil précautionneusement avant de l'emporter dans la cuisine. Ce réveil, il fonctionne toujours, après plus de quarante ans, depuis que Suzanne l'avait acheté quand ils se sont mariés. Il l'a installé à sa place, sur l'étagère au-dessus du fourneau. À l'abri de la cloche de son carillon qui ne sonne plus depuis longtemps, et posé de guingois sur ses pieds mutilés, le réveil semblait le narguer gentiment avec sa face de lune blanche entaillée des deux cicatrices des aiguilles noires qui se chevauchaient entre le IV et le V en chiffres romains qu'on arrive encore à lire sur le cadran.

Poussé par l'habitude, Mathias est allé à la porte ; elle n'était pas fermée à clef. Il l'a poussée et a levé le nez pour « sentir l'air » et consulter le temps. C'est un rite auquel il ne déroge jamais. La nuit n'était pas complètement noire où il a deviné quelques étoiles vers le sud, au-dessus de la montagne d'Aurouze. Vers l'est, une infime ligne lumineuse courait, épousant les escarpements du Bec de l'Aigle. Il a toussé et s'est raclé la gorge avant de cracher devant lui à l'aveuglette. C'est alors qu'il a aperçu la fenêtre allumée, sur sa droite, petit œil jaune ouvert au milieu du noir. Il a grommelé :

« Anna est levée. Elle doit se préparer pour aller à la laiterie. »

Et, brusquement, il s'est souvenu qu'on était dimanche.

* *
*

Mathias avait regardé la lumière un moment, hésitant sur ce qu'il allait faire. L'inquiétude l'avait saisi. Anna debout à cette heure, un dimanche matin… La décision s'est prise malgré lui. En tout cas, c'est ce qu'il a ressenti et qu'il aurait fourni comme explication si on lui avait demandé. Il est rentré, a enfilé sa vieille veste de velours pendue à une patère contre la porte. Il a éteint la lumière dans la cuisine avant de sortir et de repousser la porte. Il est resté sur le seuil, un long moment, dans une expectative qui le laissait mal à l'aise parce qu'il croyait déjà savoir ce qui l'attendait. Il a dit tout bas, et les mots lui écorchaient la bouche :

« Sale démon ! »

* *
*

Mathias avait commencé à descendre vers la fenêtre allumée, en coupant à travers le pré qui s'étend devant chez lui. Un peu de rosée a mouillé ses pieds, nus dans les galoches, et cette fraîcheur lui a rendu un semblant de calme. Il a failli rebrousser chemin pour aller enfiler ses bottes et c'est alors qu'il a entendu les voix. Il s'est figé au milieu du pré.

On montait, un peu plus bas, sur le chemin empierré qui conduit à la maison d'Anna, puis chez lui après un coude que tous dénomment « le virage du tertre ». Les marcheurs devaient être deux ; ils se chamaillaient, avec de brusques poussées et des silences durant lesquels leurs semelles faisaient crier le sable sur le chemin. De temps à autre, les pas s'arrêtaient et la discussion renaissait en sautes désordonnées que le vent emportait. Mathias a reconnu la voix de Gaston. L'autre devait être celle de Marchand, quoique Mathias n'eût pas pu en jurer.

Il y a eu une pause. Les deux hommes avaient dû s'arrêter. Ils ont discuté, plus calmement semblait-il, et ils ont dû se séparer. Mathias a entendu les écrasements de sable des pas qui s'éloignaient, paraissant étirer entre les deux protagonistes un fil invisible qui les reliaient encore dans le noir. Gaston, maintenant, montait sur un rythme syncopé, il parlait tout haut, un soliloque entrecoupé de rires brefs dont lui seul pouvait comprendre la raison. Il sifflotait aussi, un air connu de lui seul qui déraillait dans le silence. Mathias a pensé, et cette idée lui laissait un goût amer dans la bouche :

« Peuh ! Mauvais diable ! Il est fin saoul comme d'habitude ! »

* *
*

Mathias avait repris sa descente silencieuse dans l'herbe. Il s'est arrêté derrière un frêne, sur le petit talus qui permet de voir presque tout ce qui se passe dans la cuisine d'Anna. À vingt mètres à peine il avait deviné la silhouette de Gaston devant la porte close. Celle-ci s'est ouverte brusquement sous la poussée d'un coup d'épaule. Sur le noir de la cour, une flaque de lumière sale a coulé dans laquelle se délayait l'ombre démesurée et grotesque de Gaston qui a fait mine d'entrer et s'est arrêté sur le seuil. Sa bouche a gargouillé quelque chose que Mathias n'a pu comprendre. À travers la vitre de la fenêtre, on apercevait Anna. La porte s'est refermée derrière Gaston et… tout s'est déroulé comme d'habitude.

Comme à chaque fois qu'il a assisté, impuissant, au retour d'un Gaston ivre, Mathias n'a pu s'empêcher de se souvenir des images de quelques films qu'il avait vus avant la guerre quand il allait au cinéma à Grenoble durant son service militaire. Un surtout lui revenait en tête, et qui était affublé d'un nom bizarre : M le Maudit. C'était le film d'un Allemand dont Mathias n'avait jamais oublié le nom et surtout le prénom : Fritz Lang. À la Libération, on s'était beaucoup moqué des « Fritz », après que les Américains leur eurent fichu la pile. On raillait les « Frisous » ou les « Chleuhs ». Mathias, lui, n'était pas tenté de trouver comique le prénom de ce cinéaste allemand. Dans son film, les acteurs, le visage tragiquement blanc, les yeux charbonneux exorbités, les gestes frénétiques, s'agitaient sur la toile blanche. Puis, il y avait cet air, que le méchant sifflotait dans le noir de la rue, avant de commettre ses forfaits, cet air qui vous faisait froid dans le dos.

Quand Gaston rentre ivre, Mathias a les yeux rivés sur l'écran de la fenêtre d'Anna. Les acteurs sont là, qui répètent la même scène presque à l'identique, mais c'est un film muet. Aujourd'hui encore, les bras se sont levés, sont retombés, se sont tendus implorants ou menaçants. Les lèvres, devant les bouches tordues ou suppliantes, ont crié des paroles silencieuses. Les silhouettes se sont brouillées dans un affrontement confus et, brusquement, celle de Gaston s'est comme disloquée avant de disparaître derrière la table. Anna avait quelque chose à la main qu'elle a posé à tâtons derrière elle.

Mathias a senti l'angoisse l'envahir. La scène s'est figée durant quelques secondes cependant qu'un nouvel acteur traversait la cuisine. Mathias a reconnu Maximin qui est allé vers sa mère, et lui a touché le visage avant qu'ils n'échangent deux ou trois mots. Ils se sont baissés ensemble, se sont relevés péniblement. Ils soutenaient Gaston qui s'est affalé sur le banc, comme un sac.

Anna a fouillé dans le buffet et Mathias a deviné qu'elle remplissait un verre qu'elle a posé sur la table devant Gaston. Celui-ci a dû boire et Mathias s'est senti soulagé tout d'un coup : si le soûlard avait encore soif, le pire que sa chute faisait craindre n'était pas arrivé. Gaston a remué, son buste s'est allongé sur la table. Mathias ne distinguait plus qu'une masse informe et, à côté, la mère et son fils qui, debout l'un près de l'autre, devaient regarder l'épave qui s'était échouée.

Mathias s'est appuyé au frêne. Voilà ! La crise était passée, une de plus, affreusement monotone. Vingt fois, il avait failli descendre le talus, pousser la porte et saisir Gaston, le gifler, ou le bourrer de coups de poing, ou le piétiner pendant qu'il était à terre, ou… ou… Il ne l'a pas fait, pas plus que les autres fois. Il n'a pas bougé parce qu'il s'effraie toujours autant de ce qui se cache derrière ces « ou » qui lui infligent des pulsions et des images dont il n'arrive qu'à peine à se défendre. Le diable seul sait de quoi il serait capable s'il se trouvait en face de cette brute, de cet ivrogne, de ce porc.

Quand tout ça avait commencé, il y avait longtemps, il était intervenu deux ou trois fois avec pour seul résultat que Gaston s'était vengé sur Anna. Alors, Mathias n'a plus rien dit. Ce Gaston pourtant, il ne pèserait pas lourd malgré ses vingt ans de moins. Mais ça, non ! Mathias ne peut pas. Anna, pauvrette, en serait bien fâchée et qu'en penserait Suzanne, et Mathilde ? Il n'a pu s'empêcher de frissonner parce que cette pensée terrible lui est venue, plusieurs fois. Elle le poursuit, quand il trouve une bête morte par exemple, toute raide et les yeux ouverts et secs comme des mûres après la sécheresse. Il imagine que ce pourrait être Gaston et, il en est sûr, il n'y aurait personne pour regretter ce sac à vin qui ne s'appartient plus quand l'alcool le possède.

Mathias est resté un moment encore, appuyé à son frêne. En face, derrière la vitre, il a suivi Anna qui s'affairait dans sa cuisine et Maximin qui, habillé maintenant, s'était assis. Le garçon devait manger un peu ; il s'était installé, loin de son père. Bientôt, il s'est relevé et Anna a enfilé son manteau. Mathias s'est collé plus étroitement à son arbre. La mère et le fils sont sortis, ils se parlaient tout bas, d'une voix complice. Ils ont tiré la porte sans la verrouiller et s'en sont allés. Un sac tyrolien faisait une bosse dans le dos du garçon et Mathias a souri. On était dimanche et le garçon devait aller on ne savait où pour sa sortie dominicale, ainsi que Mathias l'a initié, en grand-père qu'il aurait tant aimé être, mais voilà... Mathilde... Il a suivi, à l'oreille, les pas de la mère et du fils, décroissant dans le noir. Tiens ! Ils avaient laissé allumée la lampe, au-dessus de la table encombrée de la masse sombre du corps de Gaston. Mathias a ricané : que le diable soit éveillé ou endormi, il a toujours eu peur de la lumière !

III

Chagrin d'Anna

ANNA ET MAXIMIN se sont séparés juste avant que le chemin venant de leur maison ne rencontre la route empierrée qui descend au village. Comme tout à l'heure avant de partir, Anna a demandé d'une voix inquiète :

« Alors, tu vas où ? »

Maximin s'est arrêté. Il avait son air sérieux et absorbé, cet air qu'on lui connaît bien, avec aujourd'hui quelque chose de plus qu'Anna n'a pas réussi à traduire. Elle a pensé que c'était normal après ce qui s'était passé il y avait quelques minutes à peine. Lui a regardé sa mère. Dans le jour naissant, elle lui a paru comme toujours, si fragile et si forte à la fois. Affectueusement, il lui a pris le bras et l'a rassurée :

« Ne t'en fais pas m'man ! J'vais où j't'ai dit, au Pas du Follet… Je ferai attention.

– C'est ce que tu dis à chaque fois et puis... Rappelle-toi, hein ? Ta cheville, au Pas de la Saume[1] ! Quand ça arrive c'est trop tard ! »

Elle n'a pas précisé ce qui était arrivé mais tous les deux s'étaient compris. Anna n'avait jamais vu d'un bon œil ces escapades interminables que Maximin entreprenait chaque dimanche. Elles étaient de plus en plus longues et, même s'il la prévenait à chaque fois du col ou du sommet qu'il pensait atteindre, elle le soupçonnait d'emprunter des itinéraires connus de lui seul ou que Mathias avait dû lui décrire. Elle n'arrivait pas à en vouloir au vieil homme. N'était-il pas un peu le père qu'elle aurait tant aimé avoir ?

Lui aussi devait partager ce sentiment. Il le lui avait avoué, de façon indirecte, une seule fois, et encore s'en était-il défendu par la suite. C'était quand il avait appris qu'elle avait accepté la demande en mariage de Gaston, la seule qu'on lui eut jamais faite. N'était-elle pas « Anna, la fille de l'Assistance » ? Quand il avait su, Mathias s'était fermé, comme il lui arrivait de le faire lorsqu'il ne voulait pas répondre. Il avait plissé le nez. Son regard s'était aiguisé entre les paupières mi-closes et sa mâchoire s'était contractée. Anna s'était inquiétée :

« Qu'est-ce qu'il y a ? Tu penses que j'ai tort ? »

Mathias avait répondu lentement :

1. *En occitan, la* sauma *désigne l'ânesse.*

« J'aurais pas aimé que Gaston s'intéresse à Mathilde. »

Comme s'il s'en voulait de ce qu'il venait de dire, il avait ajouté :

« Écoute pas ce que je raconte, je suis une vieille bête ! »

Depuis le temps, dix-neuf ans bientôt, Anna n'avait pas oublié. Mathias, semblait-il, avait évité de revenir sur le sujet et elle avait compris que c'était uniquement pour ne pas ajouter aux soucis de celle qu'il traitait comme sa fille. Il avait essayé de s'interposer entre elle et Gaston quand celui-ci avait commencé de la molester. C'était arrivé après la naissance de Maximin, deux ans environ. Ces interventions avaient entraîné des coups supplémentaires et Anna avait été soulagée quand Mathias n'avait pas insisté. Elle savait que ce n'était pas par indifférence, bien au contraire. Il avait compensé par des attentions qu'il s'efforçait de dissimuler à Gaston qui n'avait pas besoin d'aide pour trouver des prétextes à la battre.

Le seul point sur lequel Anna en voulait un peu à Mathias était celui de « la religion ». Mathias refusait de mettre les pieds à l'église, même pour Pâques. Il n'y avait que pour certains enterrements qu'il y entrait, et encore restait-il au fond, près de la porte. Elle se demandait quel rôle il avait pu jouer dans la décision, pour elle impensable, que Maximin avait prise. Depuis deux ans ou un peu plus, le garçon n'allait plus à la messe. Un dimanche, il avait annoncé :

« J'crois pas que j'irai à l'église aujourd'hui ! Et même j'crois que j'irai plus du tout. »

Anna n'en avait pas cru ses oreilles :

« Comment ça ?

– Oui… De toute façon, j'y crois pas… alors ? »

Anna avait regardé son fils comme si elle découvrait un nouveau Maximin, un étranger. Elle avait balbutié, et c'était plus à elle-même qu'à lui qu'elle s'adressait :

« Comment ça, t'y crois pas… mais… mais… c'est un gros péché tu sais ? Mortel même. »

Avec une hésitation, elle avait demandé :

« C'est Mathias qui… ?

– Non, sûrement pas. Il a rien à voir avec ça ! »

Heureusement, Gaston était absent, qui l'avait toujours moquée en insistant grossièrement sur ce qu'il appelait « ses bondieuseries ». Maximin, de toute façon, aurait soigneusement évité d'aborder ce sujet devant son père. Le garçon n'avait pas crié, ni boudé, ça n'était pas dans son caractère. Pourtant Anna avait su qu'il ne reviendrait pas sur ce qu'il avait décidé :

« M'man, c'est pas la peine que tu te fâches, ou que t'essaies de me faire changer d'avis. J'veux plus y aller, c'est tout. »

Sans colère, ni ressentiment, il était sorti. Anna s'était retrouvée seule. Debout devant le buffet, elle avait senti le chagrin la submerger peu à peu. C'était encore plus difficile à supporter que les insultes et les coups de Gaston. Elle n'avait pas demandé, et Maximin n'avait pas dit pourquoi et, maintenant, ce mot : « Pourquoi ? » lui martelait la tête. Les larmes lui piquaient les yeux et n'arrivaient pas à couler. Elle ne pensait même pas à s'asseoir.

Comme un automate, elle s'était habillée pour aller à la messe. Elle était partie, seule. C'était la première fois depuis plus de dix ans. Il avait fallu qu'elle se confesse le jour même, ç'avait été plus fort qu'elle. Elle se sentait tellement coupable. Elle n'arrivait pas à imaginer qu'une telle chose avait pu se produire sans que ce fût sa faute à elle. L'abbé Travers avait tenté de la rassurer :

« Anna ! Je ne vous donnerai même pas de pénitence ! Ce qui vous arrive est très dur mais vous n'y êtes pour rien. Je connais Maximin. Il n'a pas décidé ça sur un coup de tête et l'exemple que vous lui proposez ne peut être meilleur. »

Ces paroles l'avaient quelque peu rassérénée. Elle avait pourtant continué de souffrir en silence. Elle pensait aux flammes de l'enfer qui attendaient Maximin, ces flammes dont on l'avait menacée si souvent quand elle était gamine, chez les sœurs de l'orphelinat déjà :

« Anna, ce que tu fais est un péché…
– Anna, si tu continues, tu iras en enfer…
– Anna, le démon te guette… »

Colette, chez qui elle avait été placée presque jusqu'à sa majorité, en avait rajouté sur les supplices qui lui étaient promis à chaque peccadille de la jeune fille qu'elle était alors. Marcel, le mari, venait heureusement tempérer les remontrances :

« Fiche-lui la paix à cette petite ! L'enfer ! L'enfer ! Tu n'as que ce mot à la bouche ! »

Plus tard, c'est de Marcel qu'elle avait hérité la maison.

* *
*

Et le diable, justement, revenait fréquemment dans la conversation de Mathias. À l'écouter, il n'était pas de circonstance malheureuse, ou d'accident, ou de mauvaise action dans lesquels le malin n'eût sa part. Mathias ne parlait jamais de l'enfer. Sans doute pensait-il que le diable n'en avait pas besoin. Il ne parlait pas de Dieu non plus, ou alors en creux, comme on aurait constaté une empreinte qui était là, mais sans faire jamais mention du pied qui l'avait creusée. Il commentait les événements qui advenaient pour s'en réjouir, assez rarement, ou les accepter, voire les déplorer, et il les imputait au diable s'ils étaient mauvais mais jamais à une puissance tutélaire s'ils étaient favorables. Son diable à lui ne devait arborer ni cornes ni queue fourchue, enfin rien qui pût le manifester par les voies bien connues, brûlantes et fumantes, à quoi chacun le reconnaissait habituellement. Mais, il était bien présent quand même, dans la terre peut-être, que Mathias frappait furieusement du pied pour bien marquer que ce qui venait d'arriver de mauvais ne pouvait qu'être imputé à cet esprit malfaisant.

C'est en ruminant ces pensées qu'Anna avait, un temps, soupçonné Mathias d'avoir en quelque sorte contaminé Maximin par des attitudes et des non-dits finalement plus expressifs et convaincants qu'une hostilité déclarée aux choses de « la religion ». Le temps passant, elle s'en était voulu d'une telle appréciation tout en restant persuadée que l'influence de Mathias sur Maximin était certaine et, il fallait en convenir, dans l'ensemble plutôt bénéfique.

* *
*

Maximin a rajusté les courroies du sac tyrolien sur ses épaules. Il a marché quelques pas avant de se retourner ; Anna avait entamé sa descente sur la route qui conduisait au village. Il a ressenti une légère chaleur dans ses oreilles : il n'avait pu s'empêcher d'admirer sa mère qui allait, bien droite, comme à l'ordinaire. Vue de dos, elle paraissait si jeune, les cheveux châtains roulés en chignon qu'elle n'avait pas encore emprisonné dans un fichu, ce qu'elle ferait sitôt engagée entre les premières maisons, les jambes fines et agiles sous le manteau qui descendait à mi-mollets. Du visage qu'il ne voyait plus, il imaginait les yeux mobiles, presque noirs, et les cernes autour, que la douleur avaient creusés... Vite, il est reparti parce que l'image de Gaston se superposait à celle d'Anna.

La transition s'est faite sans qu'il n'ait vraiment d'effort à fournir : il a plongé de corps et d'esprit dans l'aventure qui s'annonçait, qu'il allait vivre seul, comme un jour neuf, les pieds sur les sentiers ou à l'assaut des pierriers qui défendaient le Pas du Follet. Mais, d'abord, il a voulu passer près du chantier de la route de la station ou, en tout cas, ce qui deviendrait une route, dans quelques semaines tout au plus, quand les engins dormant plus bas, gros insectes jaunes, s'attaqueraient à ce qui, aujourd'hui, n'était encore qu'une garrigue de carex, échevelée de pins à crochets et de genévriers.

Une envie lui est venue. Dans la pente qu'il empruntait en traversée, des affleurements horizontaux de calcaire avaient accouché de groupes épars de roches informes dont les moignons tordus se fendaient, croulaient, et blanchissaient au soleil : le pays des *chouroums*[1].

Ces chouroums, il y en avait de connus, d'autres qui l'étaient moins, et certains ne l'étaient pas du tout, aucun berger ne les ayant mis au jour ou aucune brebis n'étant tombée dedans par mégarde. C'est ce qu'avait expliqué Mathias, quelques années plus tôt, quand Maximin n'était encore qu'un petit garçon.

* *
*

Mathias, quand il réussissait à entraîner le gamin qu'était alors Maximin, sans que Gaston ne s'y oppose, lui racontait le Dévoluy, à sa façon, en lui donnant à voir ce que « les autres » ne savaient pas regarder. Il disait « les autres », noyant indistinctement dans ce groupe indéfini ceux qu'il connaissait et n'appréciait guère ce qui faisait déjà pas mal de monde, et ceux qu'il ne connaissait pas. Il en voulait particulièrement à ceux qui avaient médit de son pays, et qui avaient inventé cette maxime désobligeante en parlant de quelque chose de désagréable dont on ne voyait pas la fin : « … Il est long comme l'hiver en Dévoluy… » Mathias le Dévoluard divisait son pays en deux parties bien distinctes :

---

1. Chouroum *: trou que l'écoulement des eaux creuse dans le sol karstique. Ce terme spécifique du Dévoluy s'apparente au* scialet *du Vercors et à l'aven du Massif central.*

l'une, qu'il préférait et que l'œil pouvait embrasser, et l'autre qui se cachait et ne pouvait cependant se dissocier de la première.

Ce que l'on pouvait en voir, il n'avait pas les mots pour le décrire mais, quand il le montrait de la main en disant d'un air pénétré : « Regarde ! », Maximin ressentait au plus profond de lui-même qu'il n'existait nulle part ailleurs de Pic de Bure[1] dont la falaise sombre tombe, vertigineuse, pas loin du Pas du Follet ; tous deux devinaient le col du Rabou[2], plutôt débonnaire, et le col du Noyer précédé de ses maigres pâturages où croît cependant le chardon blanche-épine qu'on ne rencontre nulle part ailleurs dans le monde ; leurs regards se perdaient en direction des gorges de la Souloise dont les gens de Pellafol avaient voulu capturer les eaux, il y avait pas loin de cent ans, en creusant à la main un canal impossible suspendu dans les falaises, et dont on voyait encore les traces, aujourd'hui dérisoirement inutiles, presque inaccessibles bien au-dessus de la route.

Et il ne fallait pas oublier les bois aussi, pins, chênes et fayards mêlés dans le fond de la cuvette, épicéas, plus haut sous le vallon de l'Âne, et les forêts de mélèzes qui, à l'automne, jetaient des parterres

---

1. Bure : de la racine préhistorique « bur », cime/mont/hauteur. En germanique, elle a pris le sens de forteresse.
2. Rabou : village des Hautes-Alpes, noté Rabaonum en 1188. Désigne un escarpement, un ravin.

de flammes dorées au pied des sommets de la crête ouest qui domine la Drôme. Ces derniers mêmes étaient particuliers, que pour la plupart on appelaient des « têtes », sans doute parce que ce n'étaient pas de simples montagnes comme le croyaient les Gapois et autres Champsaurins[1], mais qu'elles étaient vivantes et dotées de la faculté de penser. Ne les avait-on pas nommées Tête de l'Aupet, ou Tête du Lauzon, ou Tête de Lapras, sans oublier la grosse Tête de l'Obiou.

Il y avait aussi ce qui ne se pouvait voir. Mathias ne le décrivait pas davantage. Ce devait être un monde bizarre, sûrement malfaisant, en tout cas pour qui osait s'y aventurer. Il se cachait dans le sol, sous la terre et les rochers que les hommes foulent de leurs pieds.

Mathias n'avait jamais parlé d'enfer mais, à l'entendre, on pouvait imaginer qu'il se dissimulait là. Il n'en voulait pour preuves que les quantités incroyables d'eau disparaissant dans le sol du Dévoluy qui l'aspirait pour, c'était la seule explication, étancher la soif inextinguible de quelque chose, ou de quelqu'un, qui devait se terrer dans les profondeurs. Là, certainement, se trouvait l'origine des « chouroums », ces trous qui s'ouvraient au hasard et dont les hommes connaissaient certains,

1. Champsaurin : habitant du Champsaur tout proche, haute vallée du Drac séparée du Dévoluy par la longue chaîne de la montagne de Féraud.

bien moins nombreux cependant que ceux qu'on n'avait jamais découverts.

Et Mathias, lui, en savait un ; c'était « son chouroum ». Il en avait confié le secret à Maximin. Il était tombé dessus par hasard, un jour d'orage. La pluie tombait si drue, et les éclairs se répondaient si fort du col des Aiguilles au sud, à la brèche de Faraut au nord, qu'il avait cherché à se réfugier dans un chaos de pierres qui pouvait fournir quelque abri. Protégé tant bien que mal sous un gros rocher qui servait d'avant-toit, il attendait patiemment une éclaircie. Le bruit de l'eau avait attiré son attention : un petit ru s'était formé à l'amont du rocher et qui ne coulait plus en aval, ayant disparu mystérieusement parmi les blocs tombés du toit.

Quand l'orage avait cessé, Mathias était parti, non sans noter soigneusement des détails dans le paysage qui lui permettraient de retrouver l'endroit où, il n'en doutait pas, « son chouroum » devait s'ouvrir. Et il était revenu, avait sué sang et eau pour déplacer les blocs qui cachaient l'orifice. Il s'était acharné, sans répit, s'alarmant qu'on ne le voie dans cette posture équivoque, s'écorchant les mains aux arêtes coupantes, s'écrasant les phalanges sous des rochers de plusieurs dizaines de kilos. Il avait même apporté une barre à mine qui servait de levier. Et, enfin, le trou était apparu.

* *
*

Quand Mathias l'avait amené là, plus tard, Maximin aussi l'avait vu. C'était le jour de ses dix ans. Mais auparavant, il avait fallu jurer de n'en jamais rien dire, à personne. Maximin avait juré. Il avait aidé Mathias à dégager, à nouveau, l'entrée. Il se sentait tout excité, avec une angoisse diffuse qui lui tordait un peu le ventre parce que, complaisamment ou non, Mathias entretenait le mystère par des exclamations étouffées, des avertissements, des sous-entendus qui entre-coupaient son souffle précipité par les efforts physiques qu'il fallait déployer.

Une ouverture enfin les avait avalés, par laquelle ils étaient entrés, en se courbant. Un boyau s'enfonçait dans l'obscurité, suivant une pente légèrement descendante. Le sol en était raboté jusqu'à la roche par les eaux qui devaient ruisseler les jours d'orage. Ils avançaient prudemment, cassés en deux, Mathias devant, portant la lampe de poche dont le faible rayon dansait en feu follet entre leurs pieds. Maximin suivait, comme hypnotisé, et la gorge asséchée par une attention presque douloureuse.

Après une dizaine de mètres, ils avaient atteint une sorte de petite salle presque circulaire dans laquelle on pouvait se tenir debout. Elle ne devait pas mesurer plus de cinq à six mètres carrés. Le faisceau de la lampe, tel un ludion, sautait sur les parois colorées d'ocre, faisant danser des ombres dans une pantomime bizarre. Une cavité s'ouvrait à main droite au creux de laquelle un homme aurait pu se tenir assis.

Face à l'entrée, presque au ras du sol, la lampe avait dévoilé une ouverture noire. Mathias s'était approché, très prudemment. Il avait intimé :

« Maximin ! Viens ici ! »

Le gamin n'avait pas osé bouger. Mathias l'avait saisi fermement par un bras et l'avait forcé à se pencher sur l'obscurité que la lampe n'arrivait pas à trouer. Maximin, tremblant et fasciné, avait cru sentir un léger courant d'air, froid et humide, sur son visage. Mathias avait murmuré :

« Tu entends ? »

Le gamin avait réussi à chuchoter :

« Non… Qu'est-ce qu'y a ? J'entends rien… »

Mathias avait insisté :

« Si… Si… Écoute bien… Là… Là… Tu entends ? »

Et Maximin avait cru percevoir quelque chose qui devait monter du centre de la terre, un souffle étouffé qui naissait du noir insondable, une respiration ténue, longue et un peu rauque, qui s'éteignait pour renaître après quelques instants d'un silence glacé. Il s'était mis à trembler. Il avait serré les cuisses, très fort, parce qu'il avait senti qu'il allait mouiller sa culotte.

Mathias l'avait tiré en arrière et l'avait rassuré :

« Faut pas avoir peur… "Il" est coincé au fond, sûrement, ou alors "y" se déplace d'un chouroum à l'autre. Ou bien, p't'être "qu'il" a peur du jour… En tout cas, j'crois pas "qu'y" sorte ! »

Maximin avait eu froid, tout à coup, et il n'avait pas osé demander qui se cachait derrière le « il » dont parlait Mathias. Tous deux étaient ressortis, Mathias toujours devant, et Maximin, derrière, avait tremblé jusqu'au moment où le jour avait pointé à l'extrémité du boyau. « Il » ne les avait pas suivis et Maximin avait enfin pu respirer quand les blocs avaient été si soigneusement remis en place que personne n'aurait pu deviner qu'un mystère était caché là.

Mathias n'avait pas reparlé du chouroum et Maximin n'avait pas jugé utile de le questionner à ce sujet. Tacitement, le vieux et le jeune, liés par cette expérience commune d'un inconnu qui les effrayait et les attirait à la fois, partageaient le secret sans qu'il soit besoin d'explication.

* *
*

Aujourd'hui, et comme cela arrivait quelquefois, Maximin a eu envie de revoir cet endroit. Il n'était pas besoin d'entrer dans le boyau. De savoir le chouroum là, sous ses pieds, lui suffisait. Quand il est arrivé quelques mètres au-dessus du chaos de pierres qui dissimulait l'entrée, il a eu la surprise de découvrir de petits piquets de bois, plantés dans le sol à intervalles réguliers, dont la ligne semblait désigner la montagne plus haut, là où serait la station. Il est resté quelques secondes indécis sur ce qu'il allait faire ; il y avait cette bizarrerie au milieu de la pente, ces piquets incongrus là où personne ou presque ne mettait jamais les pieds. Il était partagé entre une vague rancœur qui le poussait à arracher ces morceaux de bois qui n'avaient rien à faire ici et le sentiment que cette petite vengeance aurait été inutile.

Enfin, il a compris : quelqu'un avait fait le piquetage annonçant le tracé de la route de la future station. Le garçon n'a pas su s'il fallait être déçu ou non ; la station, lui l'espérait, où il comptait fermement se faire embaucher dans un an ou deux. Il y aurait des machines, des moteurs, des mécaniques complexes, enfin tout ce qui le passionnait en dehors des montagnes du Dévoluy, et de Marion…

Mais il fallait se rendre à l'évidence, probablement, l'entrée du chouroum allait disparaître à jamais et « il » ne pourrait plus sortir par là, même « s'il » en avait l'envie. Maximin a retourné cette idée saugrenue dans sa tête et il a souri en silence en imaginant la colère de Mathias découvrant le sacrilège du piquetage s'il venait à repasser ici. Le garçon a décidé de ne pas avertir son ami et a pris la direction du col.

IV

Dimanche

Anna a débouché sur la place. Le contraste était saisissant entre le fond de la vallée où le village sommeillait encore et la chaîne montagneuse qui, à l'ouest, s'étirait depuis le Grand Ferrand jusqu'à l'énorme tête de l'Obiou[1]. Le haut des tours de calcaire des géants s'était illuminé d'un rose incarnat.

Au pied des sommets, dans le fond de la gorge des Gillardes[2] où s'enfonçait le torrent de la Souloise,

1. Obiou : sommet calcaire qui, dans le nord du Dévoluy, domine la vallée du Drac du haut de ses presque deux mille huit cents mètres. On s'accorde généralement pour dire qu'il tire son nom de sa ressemblance avec une énorme tête de bœuf (en occitan : lou Biou*). C'est le point culminant du massif.*

2. Gillardes : c'est une impressionnante masse de calcaire dont les falaises abruptes sont devenues un terrain de jeu pour les grimpeurs. C'est aussi, et surtout, au pied des roches, une résurgence dont le débit, à la fonte des neiges, constitue un torrent à elle toute seule.

des vapeurs s'étalaient en nappes laiteuses qu'absorberait le soleil du milieu de la matinée.

Le car était là déjà, dont le moteur tournait au ralenti. Une odeur de gaz d'échappement rôdait sur la petite place. Dans le café Davant, une lampe était encore allumée et Anna a distingué quelques silhouettes à travers la buée qui emperlait les fenêtres. Elle a remarqué, comme à chaque fois qu'elle passait par là, l'inscription qui s'étalait en arc de cercle sur la porte d'entrée : ICI ON PEUT LOUER DES CHAMBRE. Rosette Davant, la Rose comme on la surnommait familièrement, allait paraît-il enfin corriger la faute d'orthographe que la disparition fortuite d'un S avait involontairement provoquée. De toute façon, il était question de rénovation et même d'agrandissement de l'établissement depuis qu'on savait que la station de ski serait implantée plus haut, et même si la route, en construction, qui devait y conduire ne passerait pas dans le village.

Anna ne mettait jamais les pieds dans le café. Elle connaissait la Rose pourtant, qui avait la chopine facile avec les hommes, et elle ne réussissait pas à lui en vouloir alors qu'elle ne pouvait ignorer que c'était en grande partie devant le comptoir de la « bistrote » que se préparaient les insultes et les coups que Gaston administrait à sa femme.

En évitant, autant que faire se pouvait, quelques groupes de femmes qui discutaient, Anna s'est approchée de la portière du car. Une main lui a fait signe derrière une vitre un peu sale, et un visage a grimacé un sourire. Anna a reconnu Louise Berthon. Elle s'est sentie soulagée de savoir que son amie était arrivée et l'attendait. Elle avait appréhendé le moment où il faudrait affronter les regards curieux, indifférents ou apitoyés de celles qui étaient déjà là. Elle est montée dans le car et a murmuré un « Bonjour ! » discret puis, baissant le nez en s'efforçant de cacher sa pommette tuméfiée, elle est allée s'asseoir à côté de Louise qui souriait et dont la solide personne était confortablement installée et emplissait l'espace entre la banquette sur laquelle elle était assise et le dossier du siège qui était devant elle. Louise lui a simplement pressé affectueusement la main :

« Bonjour Anna ! T'as vu ? On aura beau hein ! J't'embrasse pas ! J'peux à peine bouger !

– Bonjour Louise ! Oui… On aura beau. »

Les deux femmes se sont mises à discuter à voix basse. Anna regardait de biais son amie installée à sa droite et, comme toujours, la vue de ce visage l'apaisait : les yeux un peu globuleux couleur de châtaigne mûre, les joues pleines, la bouche aux lèvres bien rouges et dont les commissures semblaient toujours prêtes au sourire. C'était Louise, éclatante dans sa cinquantaine sans rides, ses rondeurs un peu débordantes, sa gentillesse et ses colères retentissantes. Elle ont parlé quatre ou cinq minutes avant que le regard de Louise ne se fasse inquisiteur :

« Anna ! Tourne-toi voir un peu par là ! Regarde-moi ! »

Anna a résisté, pour la forme, avant de céder. La bouche de Louise s'est crispée :

« Y t'a encore battue hein ? Quand ? Hier soir ?

– Ben… ce matin… Il est rentré que ce matin… »

Sous l'effet de l'indignation, le visage de Louise s'est empourpré. Anna connaissait ces symptômes. Vite, elle a tempéré :

« C'est rien Louise… tu sais… C'est rien. J'ai l'habitude. »

De ses deux mains dont les doigts blanchissaient aux jointures, Louise a ouvert et refermé deux ou trois fois son sac à main posé sur ses genoux. Elle soufflait à petits coups pour évacuer la colère. Elle a sifflé entre ses dents :

« C'est rien hein ? Ce vaurien ! Ce salaud ! Ouuuuh ! Si c'était moi tiens ! »

Les deux amies se sont tues un long moment. Elles regardaient devant elles sans rien voir. Comme le silence devenait pesant, c'est Louise qui l'a rompu ; elle a pris la main d'Anna et a demandé :

« Et ton Maximin, qu'est-ce que t'en as fait ?

– Oh ! lui… Tu sais bien… Il est dans sa montagne.

– Et… pour ce matin… il a rien dit ?

– Non, non. Mais certaines fois, ben, il regarde son père et ça me fait peur… »

Louise a pressé la main de son amie pour la rassurer :

« Faut comprendre Anna, faut comprendre… Maximin, c'est un brave gosse alors… quand y voit sa mère comme ça… Mais y se passera rien tu sais… »

Quelques femmes sont montées dans le car et le brouhaha des conversations a rempli le faible espace au-dessus des têtes. La porte du café s'est ouverte ; en soutane, l'abbé Travers est apparu suivi du chauffeur. Pendant que ce dernier s'installait sur son siège, l'abbé a inspecté les rangées de sièges dans le car et dit d'une voix forte :

« Bonjour à toutes ! Je crois que nous sommes au complet ! On peut y aller ! »

Le chauffeur a fait grincer la boîte de vitesses et le car a démarré. Le clocher a sonné 7 heures.

V

Effarement

Il devait être un peu plus de 10 heures. Mathias s'est arrêté de faucher. Il a jeté un coup d'œil sur Nanette, son ânesse qui, à deux pas, tirait sur sa longe pour attraper une touffe inaccessible alors qu'elle en avait des tas à portée de museau. Il était là depuis une demi-heure à peu près et il a jugé qu'il avait assez coupé pour aujourd'hui. Après tout, les cages qui s'alignaient contre le mur, sous l'appentis, n'abritaient plus que six lapins alors qu'il y en avait eu jusqu'à vingt. C'était dans un autre temps, celui de Suzanne et de Mathilde... Aujourd'hui, avec les choux cabus du jardin et le son que Mathias allait chercher par sacs entiers au moulin qui tournait sur la Souloise à trois kilomètres de chez lui, les animaux n'étaient pas près de manquer.

Ce matin, il avait décidé de leur offrir un peu de l'herbe nouvelle qui poussait dans le pré même si l'on pouvait considérer qu'il était beaucoup trop tôt pour la couper. Il avait fait ça surtout pour le plaisir de sortir sa faux qui se morfondait contre le mur à côté des cages. Il allait laisser sécher légèrement cette herbe avant de la mélanger avec la lavande sauvage qu'il avait récoltée en juin dernier, au-dessus de Corps. Il s'était déplacé spécialement parce qu'il considérait que c'était là-bas, sur les pentes du Petit Journal[1], que la lavande était la meilleure.

Ce spic (lavande sauvage), additionné de quelques brins de thym, donnait à la chair de ses lapins un goût inimitable que ceux, peu nombreux, à qui il avait fait l'honneur de manger sa gibelotte ne pouvaient oublier.

* *
*

Mathias s'est dirigé vers la haie qui bordait le pré ; il s'est assis sur un sac de jute qu'il avait apporté et qu'il a placé à l'ombre d'un érable champêtre où il avait ses habitudes et où l'attendait la gourde qu'il avait mise au frais tout à l'heure. Le soleil était haut déjà, comme il sied à une belle journée de fin mai. Il s'est essuyé le front d'un revers de manche et s'est surpris à apprécier cette pause qu'il s'était octroyée

1. Petit Journal : sommet secondaire au-dessus de Corps, à côté du Grand Journal. Ces deux sommets doivent leur nom à une ancienne mesure agraire.

alors que, tout compte fait, il n'avait pas travaillé beaucoup depuis qu'il était sorti de son lit. Il a souri et constaté tout haut :

« Ben mon gars, tu ramollis ! »

Il n'a pas réussi à se sentir coupable. On était dimanche et il s'est reconnu le droit de flâner un peu. Il y avait deux ans qu'il ne travaillait plus, enfin, pour un patron s'entend. Toute sa vie, il avait bûcheronné pour les uns ou les autres. Il gagnait bien parce qu'il connaissait son affaire et ne rechignait pas à la besogne. Pour ses propres besoins en bois, il avait recours à l'affouage comme il l'avait toujours fait, même quand Suzanne et Mathilde étaient encore là. Il était fier de ce que son poêle à trois trous n'avait jamais vu le moindre morceau de charbon.

Ce poêle, Mathias n'aurait su dire son âge. Mais, depuis que sa femme et sa fille étaient parties, il avait acheté un petit réchaud à gaz pour cuire ses repas. Il avait renoncé à se servir du poêle comme cuisinière parce que Suzanne n'était plus là pour entretenir le feu et que lui n'était pas toujours présent et devait souvent le rallumer. Maintenant encore, après toutes ces années vécues tout seul, il lui arrivait de sentir ses yeux le piquer un peu quand cette image lui revenait en mémoire : Suzanne penchée au-dessus du poêle dont elle avait enlevé une rondelle et ranimant le feu en jetant du petit bois sur les braises. Une lueur rouge montait du foyer et mettait des couleurs sur ses pommettes. Elle clignait des yeux que la fumée avait irrités et suggérait :

« Ma foi, quelques bûches de plus seraient pas de trop ! »

Et Mathias comprenait à demi-mot ce qu'elle voulait dire. Il revenait quelques minutes plus tard avec, sur les bras, un chargement de bûches si haut qu'il devait s'étirer le cou et se déhancher pour regarder où il mettait les pieds.

* *
*

Il a saisi la gourde posée dans l'herbe dont la rosée ne s'était pas évaporée ; il a ôté le bouchon et bu deux ou trois gorgées : l'eau était fraîche encore. Son regard s'est égaré, suivant d'abord la pente légère du pré, a sauté par-dessus la haie derrière laquelle se voyait la maison d'Anna, et s'est perdu sur la ligne irrégulière des crêtes qui encadraient le col du Festre[1].

Plus à l'ouest et dominant les pelouses jaunies qui montaient à l'assaut du col des Aiguilles, les falaises du Grand Ferrand étaient grises maintenant. Les îlots blanchâtres de quelques taches de neige qui n'avaient pas fondu encombraient des creux où on les trouverait encore dans un mois quand les brebis monteraient là-haut. Les bêtes d'ailleurs ne

1. Le Festre : nom désignant le faîtage d'une maison.

manqueraient de vouloir y faire une halte lorsque, dans la journée et la chaleur étant arrivée, elles s'arrêteraient de manger pour *chômer*[1], agglomérées en une mêlée compacte à l'intérieur de laquelle disparaîtraient toutes les têtes inclinées au ras du sol et langues pendantes. Les bergers n'aimaient pas beaucoup que leur troupeau « chôme » sur ces plaques dont la neige aggravait le cas des pattes malades.

Le regard de Mathias est revenu devant lui, sur la maison d'Anna, et c'est alors que l'idée qui tournait dans sa tête s'est précisée. Il y avait quelque chose d'anormal dans le calme de cette journée. Le cerveau de Mathias hésitait entre l'acceptation fataliste de cette constatation et la réflexion qui le poussait à chercher ce qui clochait.

La curiosité l'a finalement emporté et il a fini par comprendre ce qui l'intriguait : on était au milieu de la matinée et il n'avait toujours pas vu Gaston. Même si celui-ci n'était pas encore complètement dessoûlé, il était étonnant qu'il n'ait pas mis le nez dehors. Gaston n'était pas homme à rester enfermé.

De là où il était assis, Mathias pouvait voir la porte et la fenêtre de la maison ; toutes deux étaient closes. C'est alors que quelqu'un est arrivé, un homme, Mathias en était sûr, mais il était trop loin pour dire

1. Chômer *: verbe que les bergers utilisent pour signifier que les brebis, comme les hommes, arrêtent toute activité quand il fait trop chaud !*

si c'était une connaissance à lui. L'homme a penché le front contre la fenêtre : il devait regarder ce qui se passait à l'intérieur.

Il a semblé hésiter puis s'est dirigé vers la porte devant laquelle il s'est arrêté. Il n'est pas entré. Il a regardé autour de lui, a fait trois pas pour repartir avant de retourner à la fenêtre. Il a dû prendre une décision difficile parce qu'il s'est dirigé vers le petit hangar qui jouxtait la maison en jetant des regards inquiets dans son dos avant de disparaître à l'intérieur de la bâtisse. Il est ressorti presque aussitôt : il devait connaître les lieux et savoir où trouver ce qu'il cherchait. Il portait quelque chose qu'il s'efforçait de dissimuler en le collant contre son corps. Il a jeté un dernier coup d'œil pour s'assurer que personne n'était là et il a commencé de descendre le chemin d'un pas rapide. Il donnait l'impression de quelqu'un qui s'empêchait de courir. Mathias n'avait pas bougé.

Une minute ou deux se sont écoulées. Mathias réfléchissait. Que fallait-il faire ? Il n'était pas homme à se mêler des affaires des autres, de celles de Gaston surtout. Ce n'était pas par égoïsme. Pour Anna par exemple, et Maximin bien sûr, et pour d'autres aussi, il aurait donné sa chemise. Cependant, il avait son « quant-à-soi » et n'aurait pas apprécié qu'on vienne « lui ch... dans les bottes » comme il disait. Mais là, c'était tout de même bizarre et il s'agissait de la maison d'Anna. Il s'est levé et a commencé à descendre par le chemin pour se laisser le temps de peser le pour et le contre avant d'entreprendre quoi que ce soit. Il était au milieu du « virage du tertre » quand le clocher du village a sonné 11 heures.

Il est arrivé devant la maison d'Anna : il ne s'y passait rien. Il a fait trois pas encore et a sursauté : un merle qui devait gratter le talus, sous les frênes, s'est envolé dans ses jambes en lui lançant une bordée de « krèèè ! krèèè ! krèèè ! » courroucés. Mathias, furieux d'avoir été surpris et même un peu effrayé, a grommelé : « Sale bestiau ! ». Il s'est approché de la fenêtre et, tout de suite, quelque chose l'a alarmé : au-dessus de la table, la lampe était encore allumée.

Sous la lumière orangée, Gaston était toujours là. Depuis ce matin très tôt, il paraissait n'avoir pas bougé. On ne distinguait rien de précis qu'une masse inerte affaissée sur la table et d'où sortait un avant-bras avec, au bout, une main qui semblait reposer à plat sur la toile cirée. Mathias a pensé, avec un regain de la rancœur qu'il n'avait pas évacuée depuis le matin :

« Démon de soiffard ! Il en tenait une bonne ! »

Il est resté un moment encore devant la fenêtre, hésitant sur la conduite à tenir. Sans qu'il puisse s'en empêcher, ses yeux revenaient toutes les deux ou trois secondes dans la cuisine où la lampe brûlait inutilement au-dessus de l'ivrogne qui était vautré là. Enfin, un peu à regret, il a abandonné son poste et a escaladé le talus pour rentrer chez lui en traversant le pré. Il a récupéré sa faux au passage et la gourde à laquelle il a bu une longue rasade : il se sentait la bouche sèche sans savoir pourquoi.

* *
*

Il a tourné en rond dans sa cuisine, a épluché deux pommes de terre dont il avait projeté de faire une fricassée, a sorti un reste de rôti du frigidaire ; encore un appareil qu'il avait décidé d'acheter parce qu'il n'avait pas, comme Suzanne, le sens des précautions à prendre pour que les provisions ne se gâtent pas. Finalement, sans Suzanne, il n'était pas grand-chose. Et, tout ce temps, ses yeux allaient du réveil à la porte qu'il avait laissé ouverte et par laquelle il surveillait la maison d'Anna. Une heure a passé qui lui a semblé durer le double : rien ne bougeait. À la fin, n'y tenant plus, il a lancé :

« Bougre de salopard de diable ! T'as de la veine qu'y a Anna ! »

Il est descendu, d'un pas rapide, à travers le pré, a dégringolé le talus et s'est approché de la fenêtre. Rien n'avait changé. Il est allé à la porte, a frappé du poing, un coup sourd :

« Gaston ! Oh Gaston ? »

Le son de sa propre voix l'a surpris. Il a écouté en regardant ses chaussures : rien. Il a frappé à nouveau, plusieurs coups rapprochés et, sans même attendre une réponse, il a tourné le bouton de la porte qui s'est ouverte. Il est resté en suspens sur le seuil, surpris de sa propre audace. Il a dit, d'une voix enrouée :

« Oh Gaston ? Tu dors ? Gaston ! Ça va ? »

Il est entré, Gaston ne bougeait pas. Il s'est approché. La figure de Gaston était enfouie dans son bras droit replié et sa main gauche était étalée sur la table, les doigts écartés avec, en dessous, la toile cirée qui faisait des plis comme si les doigts l'avaient griffée. Un bruit insolite zébrait le silence de la cuisine, un « zonzon » léger qui, cependant, vrillait les tympans. Mathias a compris qu'une mouche était là, qu'il a découverte, poilue et noire, près de l'oreille gauche de Gaston. Elle s'affairait en loopings désordonnés cherchant à atteindre quelque chose qu'elle avait dû détecter. Mathias l'a chassée de la main ; elle s'est enfuie par la porte ouverte.

Il s'est penché sur le dormeur, qu'il a secoué un peu, sans brusquerie :

« Oh Gaston ! Faut te réveiller hein ! Il est bientôt midi ! »

C'est alors qu'il a découvert ce qui avait attiré la mouche sur la tête inerte : un filet de sang avait coulé de l'oreille et se perdait sous le col de la grosse veste que Gaston n'avait même pas pris la peine d'ôter pour s'endormir.

Pendant un temps qu'il aurait eu bien du mal à évaluer, Mathias est resté figé près de la table. Il n'entendait même pas le petit bruit métallique des rouages qui tournaient lentement dans les flancs de l'horloge, vivante, tout à côté. Des mots se bousculaient dans sa tête, toujours les mêmes :

« Oh le diable... Mais c'est-y qu'y serait mort ? »

Il regardait Gaston, enfin, le tas informe du corps de Gaston appuyé à la table et au banc de bois, et ses yeux revenaient à l'oreille dans laquelle le sang ne coulait plus, avec le lobe souillé de croûtes fines qui commençaient à brunir.

Après un long temps, il s'est secoué et ses pensées se sont remises en ordre, peu à peu, cependant qu'une peur inconnue s'insinuait dans son ventre. Il revoyait le bras qui se levait avec la bûche au bout, qui s'abattait, et un Gaston disloqué qui disparaissait derrière la table. Il a dit tout haut, sans même se rendre compte des paroles qu'il prononçait :

« Anna ! Ma pauvre Anna ! Qu'est-ce qu'ils vont dire ? Et qu'est-ce qu'ils vont te faire ?... »

VI

Frissons

Anna est rentrée vers 20 heures. Le soleil avait disparu, caché par la Tête de l'Aupet[1], laissant derrière lui un poudroiement écarlate qui incendiait quelques nuages étirés, suspendus au-dessus des falaises. Louise avait proposé à son amie de la raccompagner mais Anna avait refusé :

« T'es gentille Louise, mais c'est pas la peine. Le dimanche, y boit pas Gaston. Demain c'est lundi et y faut qu'il aille travailler, sinon…

– Bon, c'est comme tu voudras. Alors, à demain !

– Oui, à demain !

– C'était une bonne journée, hein ?

– Oh oui ! Ça m'a fait du bien tu sais ! »

Louise n'a pas répondu. Elle regardait Anna qui avait passé une bonne partie de la journée dehors,

1. *La Tête de l'Aupet : déformation du mot alpe. L'*aupet, *la petite alpe.*

seule la plupart du temps, comme elle le faisait à chaque fois que toutes deux allaient au sanctuaire de la Salette. Louise respectait cette solitude dont elle savait qu'elle n'était pas dictée par la bouderie.

Anna avait marché, montant ou descendant entre chaque station du chemin de croix. Elle s'asseyait souvent, la tête toujours tournée vers le Dévoluy qu'on devinait, là-bas, tout au sud, de l'autre côté de la vallée du Drac dont on ne voyait même pas le profond sillon creusé dans la roche noire au pied de la montagne.

À midi, elle avait refusé de se mêler à la foule de ceux qui se pressaient dans le réfectoire envahi d'odeurs fortes de cuisine et de sueur mêlées. Au brouhaha des conversations et des entrechocs de vaisselle, elle avait préféré le silence et fait une longue pause devant le groupe composé de la Vierge de la Salette et des deux petits bergers à qui elle était apparue, disait-on : Mélanie et Maximin.

Sans qu'elle l'eût jamais demandé, Louise savait que son amie avait choisi à dessein de prénommer son garçon comme celui qui était là, figé dans le trio des statues dont le bronze verdissait au milieu des alpages. Et voilà que le Maximin d'aujourd'hui refusait d'aller à la messe…

* *
*

Anna a poussé la porte, elle est entrée. La lampe n'était pas allumée et il n'y avait personne. Gaston n'était pas là et Anna n'a pas su trancher entre le soulagement et la surprise. Elle est montée à l'étage pour ranger son manteau dans l'armoire ; les deux chambres étaient désertes : Maximin n'était pas revenu. Anna ne s'est pas inquiétée. Il était tôt encore et le garçon ne tarderait sans doute pas ; quant à son père, il avait dû aller faire un tour à pied histoire de se remettre les idées en place.

Anna a décidé de préparer une soupe qui ferait du bien à tous les trois, et c'est alors qu'elle a commencé de s'étonner : il n'y avait de vaisselle sale dans l'évier que le verre dans lequel Gaston avait bu le matin et qu'Anna n'avait pas rincé. Son mari n'avait apparemment pas mangé et était ressorti, ce qui était un comportement plutôt inhabituel.

Des pas ont fait rouler des graviers dans la cour et la porte s'est ouverte. Anna s'était crispée avant de relever la tête. Puis, son visage s'est détendu, et aussi ses mains qu'elle a essuyées machinalement à son tablier. Elle s'est levée et s'est forcée à ne pas se précipiter vers Maximin :

« Ah ! Te voilà !

– Bonsoir m'man ! »

Il regardait sa mère et il a dit, tranquillement, avec un petit sourire complice :

« Tu vois ? J'suis pas perdu ! »

Anna lui a rendu son sourire sans répondre et a repris son travail. Maximin a posé son sac à terre ; il s'est assis sur le banc et a demandé :

« Alors ? Ça s'est bien passé ? »

Elle a raconté sa journée, enfin… elle a raconté le voyage en car, quand ils avaient longé le chantier de la route de la future station de ski ; les travaux avançaient bien, pas très loin derrière la maison ; elle a évoqué les pèlerins qui attendaient à Corps avant de rejoindre ceux, nombreux parce qu'il faisait beau, qui déjà étaient là-haut vers la basilique ; elle a ri, gentiment, de Louise qui comme à chaque fois ou presque avait eng… l'abbé Travers qui voulait diriger sa troupe à la baguette… Maximin écoutait. Il a demandé d'un air entendu :

« Et… t'as fait brûler combien de cierges ? »

Anna s'est tue. Par-dessus la table, Maximin lui a pris la main. Il s'est excusé :

« Allez m'man… Tu sais bien que c'est pour rire !

– Bon, bon… Je me laisse prendre à chaque fois ! Surtout que des cierges, moi j'en mets jamais. Y peuvent pas faire les demandes à notre place ! »

Le visage d'Anna avait retrouvé la gravité que Maximin y lisait souvent, sachant trop bien de quelles demandes sa mère voulait parler. Il s'est forcé à prendre un air détaché pour demander :

« Et p'pa ? Il est où ? »

Anna a bredouillé :

« J'sais pas. J'comprends pas, d'habitude, à cette heure le dimanche, ben… »

Elle n'a pas précisé ce qui se produisait d'habitude. Tous deux se sont mis à attendre le moment où la porte allait s'ouvrir sur Gaston, faisant fuir le calme et la sérénité de ce dimanche soir.

* *
*

Vers 11 heures du soir, Anna a fermé le livre qui était ouvert devant elle sur la table. Elle n'en avait parcouru que deux ou trois pages et aurait été bien en peine de raconter ce qui était écrit. Ses pensées étaient ailleurs et ses yeux ne percevaient qu'une image brouillée des mots qui dansaient sur le blanc du papier. Gaston ne rentrait toujours pas. Elle est allée à la porte qu'elle a ouverte. Immobile sur le seuil, elle a laissé son regard fouiller la nuit dont le calme était à peine troublé par le friselis des feuilles qu'une brise légère agitait dans les frênes, sur le talus, en face de la maison. Un peu plus haut, à l'autre bout du pré, une lueur jaune filtrait de la fenêtre de la maison de Mathias. Anna est rentrée, a refermé la porte avant d'appeler :

« Maximin ! Maximin ! »

Les jambes nues du garçon sont apparues dans l'escalier avant que son buste ne se penche pardessus la rampe :

« Qu'est-ce qu'y a ?

– Voilà… C'est 11 heures et ton père… ben… il est toujours pas là… »

Maximin s'est redressé et Anna n'a pu voir la réaction que sa remarque avait déclenchée sur le visage de son fils dont elle n'apercevait plus que le bas du corps. Sa voix ensommeillée est arrivée jusqu'à Anna ;

« J'vais aller demander à Mathias.

– Oui, t'as raison. P't'être qu'y saura quelque chose. »

Maximin est revenu un quart d'heure plus tard. Il est resté debout au bas de l'escalier. Tourné vers Anna, silencieuse, et dont le visage interrogeait avidement, il a récité une sorte de rapport d'une voix monocorde :

« Mathias… il a dit que tu t'inquiètes pas. Il a pas vu p'pa de toute la journée mais, comme il était pas toujours chez lui, ben… p'pa a pu sortir sans qu'il le voye. Mathias, il a vu personne d'autre non plus… Y dit qu'y faut pas se casser la tête… que, depuis le temps, tu dois savoir qu'avec p'pa y faut s'attendre à ce qu'y fasse rien comme les autres… »

Maximin parlait lentement, entrecoupant ses phrases de courts silences pendant lesquels il semblait peser les mots qu'il allait dire. Il n'osait qu'à peine regarder sa mère, Anna, s'efforçant de masquer la colère qu'il sentait sourdre en lui et qu'il ne fallait surtout pas laisser éclater. Il a commencé de monter les marches, s'est arrêté :

« Allez va m'man… Faut aller te coucher. Il l'a dit Mathias, qu'y fallait pas te faire tout ce mauvais sang et surtout qu'y fallait que tu dormes… »

Il a disparu dans l'escalier. Anna a jeté un regard désemparé sur la table où un bol vide attendait. Elle a éteint la lampe et, d'un pas lent et un peu lourd, elle a gravi les marches qui menaient à sa chambre. Elle s'est déshabillée et s'est couchée. Elle avait pris l'attitude de gisant qui était la sienne quand elle attendait, fatiguée et anxieuse, les pieds joints et les bras allongés le long du corps, la figure et les paumes tournées vers le plafond, dans le noir. Elle ne s'est pas endormie.

À deux pas, dans la chambre voisine, Maximin s'est tourné et retourné longtemps dans son lit. Il est passé de la colère froide contre Gaston à l'envie qu'il savait ne pouvoir assouvir d'aller voir sa mère, pour la rassurer et lui dire qu'il était là, lui Maximin, qu'il ne fallait pas qu'elle se soucie autant… Il a refoulé tant qu'il a pu la pointe d'inquiétude que l'attitude de Mathias avait instillée dans son esprit, Mathias qui avait pesté contre Gaston comme il ne se gênait plus, depuis longtemps, pour le faire devant Maximin quand ils étaient seuls. Le vieil homme avait l'air fatigué, et pour le moins dépenaillé dans des vêtements balafrés de terre séchée. Ses mains portaient encore la trace de travaux qu'il avait dû effectuer dans la journée.

Pour tâcher de se changer les idées, Maximin s'est efforcé de repasser dans sa tête les péripéties de sa course en montagne et il a fini par s'endormir.

VII

Gaston a disparu

SEULE DANS LA LAITERIE, Anna s'appliquait du mieux qu'elle le pouvait, et les gestes mécaniques que lui demandait sa tâche répétitive calmaient un peu les angoisses dont elle n'arrivait pas à se défendre. Gaston n'était pas rentré de la nuit.

* *
*

Quand, sur le matin, alors que la clarté commençait de faire apparaître les contours des meubles dans la chambre, la sonnerie du réveil l'a brusquement tirée de la torpeur douloureuse dans laquelle un sommeil court et tardif l'avait plongée, elle a tâté du pied, précautionneusement, la place de Gaston. Le drap était rêche et vide. Elle s'est levée et, les pieds nus sur le sol dur et froid, a quitté la chambre.

Au passage, elle a toqué discrètement à la porte de Maximin. Elle est descendue.

Dans la salle, rien n'avait bougé. Ce calme inhabituel lui a pesé bien plus lourd que les remontrances et les grognements dont Gaston était coutumier dès le matin. Maximin est descendu à son tour, le visage enchifrené de sommeil encore. Un étonnement est passé dans ses yeux qui ont interrogé Anna. Elle a dit, et sa voix était basse et voilée :

« Ton père… il est toujours pas rentré… »

Maximin a eu une moue dubitative ; il a sorti du buffet le pain et a coupé quatre ou cinq tartines qu'il a commencé de beurrer. Anna préparait le café dont l'arôme, d'habitude, la mettait de bonne humeur. Aujourd'hui, l'odeur de café lui procurait une vague répulsion. Une gêne palpable s'était installée. Anna a posé la cafetière sur la table. Elle n'a pu résister au silence plus longtemps :

« À la mairie, qu'est-ce qu'y vont dire si ton père va pas travailler ce matin. Déjà que ça va pas trop bien… »

Sans répondre, Maximin a grignoté une tartine avant de souffler sur son café. Les deux coudes appuyés à la table, il tenait le bol à deux mains, devant son visage. Par-dessus la buée légère qui flottait à la surface du liquide chaud, ses yeux suivaient les gestes de sa mère qui tournait machinalement sa cuillère dans son bol. Sa pommette avait bleui, entourée d'une auréole d'un jaune blafard. Il n'a pu s'empêcher de demander :

« T'as pas mal ? »

Anna, surprise, a levé le nez. Enfin, elle a réalisé le sens de la question. Elle a eu un geste évasif :

« Boh... C'est rien, tu sais... C'est rien.

– Bon, bon... Pis, pour p'pa, ben, t'en fais pas m'man. Y sera allé directement au travail.

– J'espère. Mais, jamais il avait fait ça encore. »

Maximin n'a pu réprimer un haussement d'épaules désabusé. Il a fini de boire son café à petites goulées précautionneuses. Il s'est levé de table, a passé son veston de travail. Il est allé vers la porte et, tout à coup, il a fait demi-tour. Gauchement, il s'est approché d'Anna et, les bras un peu inutiles pendant le long du corps, il s'est penché vers elle et lui a posé un baiser sur la joue. Enfin, très vite, il est sorti et n'a pas compris ce que lui disait sa mère :

« Heureusement qu't'es là ! »

* *
*

La louche a plongé dans le bac avant de ressortir. Du petit-lait gouttait qu'Anna a secoué légèrement avant de verser, d'un geste habile, le contenu dans une des faisselles vides sagement alignées devant elle. Elle a rajouté un petit supplément. Dans le grand bac posé à côté des faisselles, la masse tremblotante du caillé dessinait une banquise blanchâtre que bordait la mer gris-vert du petit-lait là où la louche avait puisé. Les cheveux prisonniers dans un foulard qu'elle avait noué sur sa nuque, Anna travaillait en silence.

La porte, au fond de la laiterie, s'est ouverte : Louise est entrée. Elle a regardé travailler son amie durant quelques secondes. Des rides d'inquiétude lui barraient le front en dessous du bandeau qui, comme celui d'Anna, cachait ses cheveux. Anna ne s'était rendu compte de rien. Louise s'est approchée :

« Anna... Faut que tu viennes... »

Anna a suspendu son geste, la louche pleine au-dessus du bac. Le petit-lait a perlé avant de tomber en « floc ! floc ! » légers. Louise a dit, une nouvelle fois :

« Faut que tu viennes... »

Anna a reposé la louche dans le bac :

« Qu'est-ce qu'y a ?

– Faut que tu viennes... C'est le maire... Pierrard... Y veut te voir...

– Le maire ? Le maire... mon Dieu ! Y a eu un malheur ! »

Anna a saisi la louche avant de la relâcher ; son visage avait pâli, accusant le bleu jaunissant de l'hématome sur sa pommette. Elle a ôté les gants de caoutchouc qui protégeaient ses mains et a rentré une mèche rebelle sous le tissu du foulard. Louise a tenté de la rassurer :

« N'aie pas peur ma grande. Ça doit pas être grave. »

Les deux femmes sont sorties, la main de Louise avait pris gentiment le bras de son amie.

Dehors, le maire attendait. Il était courtaud et râblé, la figure un peu rouge sous un large béret qu'il portait incliné savamment sur l'oreille gauche, en chasseur alpin qu'il avait été vingt à vingt-cinq ans plus tôt. Quand il a vu Anna, il s'est mis à se dandiner un peu comiquement d'un pied sur l'autre :

« Bonjour Anna !

– Bonjour Antoine… Y a un malheur ? »

Pierrard s'est tiraillé l'oreille droite dans ce geste que ses administrés connaissaient et qui dénotait un embarras passager :

« Non, non… Ça doit pas être grave mais… j'sais pas comment vous dire…

– C'est Gaston ?

– Ben, oui… Enfin, non… Si, c'est Gaston, sauf que ce matin, on l'a pas vu. Y va être midi et on l'a pas encore vu…

– Ah ! …

– Qu'est-ce qui se passe ? Il est malade ?

– Non… non…

– Ah ? Alors, pourquoi qu'il est pas venu travailler ? Ça m'embête beaucoup… oui pour sûr… »

Pierrard a pris Anna par le bras et l'a entraînée un peu plus loin, manifestant par là que Louise n'avait pas à entendre ce qui allait être dit. Il s'est planté en face d'Anna. Son visage avait encore rougi :

« Voilà Anna. Ça m'embête bien. Ce matin on comptait sur lui. Il le savait Gaston et… y vient pas et y dit rien. Vous savez ce qui se passe, hein ? Moi, Gaston, je le soutiens mais, les autres, hein ? Y disent pas tous comme moi. C'tte place de cantonnier, vous savez qu'y en a d'autres qui la voudraient. Alors ? »

Anna regardait le sol. Ses mains cherchaient vainement, sur son ventre, une poche où se cacher et un chapelet à égrener mais elles ne rencontraient que la toile cirée lisse, blanche, et froide, du tablier qu'elle mettait pour travailler. Elle a concédé :

« J'sais pas quoi vous dire… Gaston… Gaston… »

Louise est venue à son secours :

« Anna, qu'est-ce qui t'arrive ?

– C'est… c'est Gaston… Ce matin, on l'a pas vu et, pourtant, il aurait dû être là. »

Louise a soufflé. Elle regardait Anna et Pierrard alternativement, et son amie baissait la tête. Les larmes avaient perlé dans les yeux d'Anna que Louise a devinées. Elle a fait quelques pas en prenant son amie par les épaules et a demandé à voix basse :

« Alors ? Gaston ? Pourquoi que tu m'as rien dit ? »

Anna a tenté d'expliquer, comme elle pouvait, en se retenant pour ne pas pleurer. Louise écoutait, bredouillant des « c'est pas vrai ! » pleins de colère rentrée. À la fin, elle est allée se planter devant Pierrard :

« Voilà... Gaston, c'est comme d'habitude. Tu le connais non ? Y s'est soûlé, samedi déjà, pas tout seul probablement et, à cette heure, y doit être à cuver dans un coin. Et pendant ce temps, y en a qui nettoient les verres tranquillement derrière leur comptoir et les autres femmes travaillent sans savoir ni pour ni quoi... »

Anna s'est approchée. Elle a posé sa main sur le bras de Louise :

« Ça va bien Louise... Antoine, il y est pour rien. Gaston, j'sais pas où il est. »

Pierrard s'est gratté l'oreille de plus belle :

« J'comprends... j'comprends, mais hein ? Qu'est-ce que je vais dire moi ? Gaston, j'peux pas le défendre à moi tout seul ? Faudrait qu'il y mette un peu du sien ! Et pis qu'il oublie un peu la chopine ! Bon... j'vais voir... »

Il a tourné les talons pour s'en aller. Comme pris de remords, il est revenu, il regardait ses souliers :

« Aussitôt que vous le verrez, faut me prévenir. Hein Anna ? J'peux compter sur vous ?

– Oui... oui... sûr, je le ferai. Si seulement je savais où il est... »

Pierrard s'est éloigné. Les deux femmes l'ont vu ôter son béret, s'éponger le crâne qu'il avait un peu dégarni et remettre le béret dans sa pose réglementaire. Louise a ricané :

« Tu parles d'un chasseur ! Depuis le temps, il a bien changé ! »

Pleine de sollicitude, elle s'est adressée à Anna :

« Alors, hier soir, quand t'es rentrée, il était pas là Gaston ? Et pourquoi que tu l'as pas dit ?

– Oh ! Louise... J'sais pas moi... Gaston, jamais il est reparti comme ça, un dimanche. J'comprends pas. Jamais encore il a fait ça... Il le sait, que le lundi y faut travailler et puis qu'y en a qui la veulent sa place si y fait une grosse bêtise... Louise ! Mon Dieu ! Qu'est-ce que je vais faire ? »

Louise a regardé son amie. Elle réfléchissait. Elle a décidé brusquement :

« Tu vas rentrer chez toi...

– Mais Louise... les fromages... j'ai pas fini...

– T'occupes pas ! Les fromages y sont caillés pas vrai ? Y vont pas s'envoler ? Rentre chez toi voir si ton soûlot... excuse-moi Anna... voir si Gaston est pas revenu. Moi, j'vais voir la Rose. Ah ! Celle-là tiens ! Mais, p't'être qu'elle saura quelque chose. J'irai voir Maximin aussi...

– C'est vrai, Maximin, je l'avais oublié ! Qu'est-ce qu'y va penser ?

– Y pensera... y pensera... Y connaît son père va. Heureusement qu'il lui ressemble pas ! Allez ! ouste ! Dépêche-toi de rentrer ! »

Elle a embrassé Anna, lui a posé deux gros baisers sonores à pleine bouche sur les joues, comme on fait aux enfants. Anna est allée ranger son tablier et a enfilé sa veste. Elle était si désorientée qu'elle a gardé le fichu qui cachait ses cheveux. Elle a tourné en rond puis a fini par s'en aller. Louise lui a lancé :

« T'en fais pas ma grande ! On va le retrouver va ! »

Et elle pensait :

« Oh ! que oui qu'on va le retrouver… malheureusement… »

* *
*

On était au lundi après-midi et Gaston n'avait toujours pas reparu. Anna est descendue au village. En rasant les murs, elle est allée jusqu'à la mairie. Elle a cru deviner quelques têtes qui se rencognaient derrière les rideaux quand elle passait. Pierrard était absent. Derrière une porte entrouverte, dans un petit bureau à l'entrée, une machine à écrire cliquetait. Anna a poussé la porte, timidement. Jeannette, la fille du maire, qui faisait office de secrétaire, a levé la tête :

« Bonjour Anna !

– Bonjour Jeannette !

– Qu'est-ce qui se passe ?

– Ben… C'est pour Gaston…

– Ah ! Oui ! Mon père m'a dit. Alors ? Où il est ?

– Oh ! Si seulement je le savais… Il est toujours pas revenu. C'est pas normal. »

Anna s'est tue ; elle avait envie de pleurer. Jeannette la regardait, souriant à demi de compassion ou d'autre chose… Elle a ouvert un tiroir, a sorti une enveloppe, a plié une feuille qu'elle a glissée dedans. Anna ne s'en allait pas ; elle restait sur le seuil et sa main droite triturait quelque chose dans la poche de sa veste. Jeannette a posé l'enveloppe. Elle a suggéré, pour se débarrasser d'Anna :

« Faudrait peut-être aller voir mon père... Il est au magasin. »

D'un ton désinvolte elle a ajouté :

« Faut pas vous en faire Anna. Gaston, y va revenir, quand... quand... quand ça ira mieux ! »

Elle avait un sourire entendu. Avant de sortir, Anna a murmuré :

« Merci... »

Elle est partie en direction de la petite épicerie Pierrard en évitant de passer devant le café de la Rose. Elle a marché, comme un automate, la tête encombrée de pensées contradictoires dans lesquelles la raison tentait vainement de prendre le dessus sur l'affolement. Pierrard était debout devant des étagères. Pendant deux ou trois secondes, Anna a presque eu envie de rire, puis elle s'en est voulu. Le maire était de dos ; il avait ôté son béret et une tonsure claire étoilait son crâne rond. Il se haussait comiquement sur ses jambes courtes pour atteindre un rayonnage qui se dérobait. Il s'est retourné ; la contrariété lui a chiffonné le visage :

« Ah ! Anna ! Alors ?

– Ben, rien. Il est toujours pas revenu. »

Pierrard a ébouriffé ses cheveux autour de sa tonsure :

« Ça devient embêtant. Ouais. Gaston, j'sais pas c'qui lui prend… »

Anna a baissé la tête. Elle regardait, sans les voir, les chaussures bien astiquées de Pierrard. Elle a bredouillé :

« M'sieur le maire… Faut faire quelque chose. Gaston… Gaston, c'est pas normal ! »

Pierrard a écarquillé les yeux. Personne au village ne lui avait jamais donné du « monsieur le maire ». Il s'est esclaffé :

« Faire quelque chose ? Mais quoi ?

– Ben… Faut voir… Faut l'chercher ! »

L'autre a écarté les bras en signe d'impuissance. Inconsciemment, il a saisi et remis son béret dans la position réglementaire, a tiré sur le lobe de son oreille droite :

« Le chercher… le chercher… Mais où ? »

Anna et lui sont restés face à face quelques secondes. Leurs regards s'évitaient. Enfin, le maire a bougonné :

« Bon… J'vais voir.

– Merci… merci Antoine ! »

Pendant qu'Anna tournait les talons, Pierrard a pensé :

« Ah ! Celui-là alors ! Je le retiens … »

* *
*

Les battues ont commencé le mardi matin. Pierrard avait réussi, non sans mal, à constituer deux équipes de quatre hommes chacune. Encore, la plupart de ceux qui étaient volontaires l'avaient-ils fait dans l'espoir non avoué de repérer les gîtes des lièvres ou les « laissées » (fientes) des sangliers. Le premier groupe a commencé d'explorer les buissons et les fossés autour de la maison d'Anna. Les hommes avaient salué cette dernière rapidement, comme s'ils se sentaient gênés d'être là et de faire ce pourquoi ils étaient venus. Elle est restée longtemps sur le pas de sa porte, regardant d'un air un peu effaré cette agitation qu'elle se reprochait presque, maintenant, d'avoir déclenchée.

* *
*

Anna avait passé sa journée du lundi à inspecter chaque coin et recoin, passant dix fois aux mêmes endroits avec la sensation de découvrir des aspects de sa maison qu'elle n'avait jamais soupçonnés. Maintenant, elle cherchait à comprendre pourquoi l'un des hommes lui avait demandé, d'un air embarrassé, s'il y avait des cordes dans la maison, des cordes… Est-ce qu'elle avait bien cherché partout, au grenier par exemple, ou dans la remise, ou dans la cave ? Partout quoi… Cette insistance avait fini par laisser percer dans la tête d'Anna une vision qu'elle a refusée de toutes ses forces, parce que ça ne correspondait pas au Gaston qu'elle connaissait ou croyait connaître. Dans le même temps qu'elle espérait que Gaston surgisse d'on ne savait où, elle s'affolait de la colère que tout ce remue-ménage allait déclencher chez lui et dont elle ne tarderait pas à faire les frais aussitôt que la troupe des chercheurs aurait tourné les talons.

* *
*

La deuxième équipe est partie en direction du torrent qui grondait plus bas. Certains évoquaient la possibilité d'un Gaston ne sachant plus trop bien ce qu'il faisait et qui aurait pu tomber dans un trou et se noyer incontinent. Tout le monde savait, et en riait derrière son dos, qu'il avait une propension à braconner. Les gendarmes fermaient les yeux, d'abord parce qu'il était le cantonnier, et aussi parce que cette entorse à la loi n'était finalement pas bien grave.

Maximin s'est joint à ceux qui sont allés en direction du torrent. Les hommes se sont efforcés, maladroitement, de le rassurer. Il y avait dans le ton, comme dans la teneur des propos, l'apitoiement un peu moqueur de ceux à qui « on ne la fait pas » sur les raisons qui faisaient qu'on était là alors qu'on aurait eu bien mieux à faire ailleurs. Le garçon a même cru surprendre des rires étouffés déclenchés par une réflexion qui avait dû fuser et qu'il n'avait pas comprise. Il était partagé, ne pouvant se défendre d'une certaine inquiétude en même temps qu'il ne se refusait pas de se sentir presque soulagé au fur et à mesure que la journée avançait et qu'on voyait la nuit arriver sans qu'on ait décelé la moindre trace de Gaston.

Mathias a suivi, de loin, toute cette agitation et personne ne s'en est vraiment étonné, pas même Anna. Elle, encore plus que les autres, savait trop bien l'aversion du bonhomme pour Gaston. Il était venu, le lundi après-midi. Debout dans la salle, il avait regardé et écouté Anna. Il n'avait presque pas parlé si ce n'était pour répéter ce qu'il avait déjà dit à Maximin la veille au soir, sur l'inconséquence bien connue de Gaston qui ne valait pas la peine qu'on se donnait pour lui. Avant de remonter chez lui, il avait eu un geste qu'Anna ne lui avait pas connu depuis longtemps un peu gauchement, il lui avait posé un baiser sur la joue avant de murmurer :

« Allez va, ma fille, faut pas trop t'en faire… Ça va passer et pis, si t'as besoin, ou Maximin, tu sais où je suis hein ? »

Ce « ma fille » avait troublé Anna, lui rappelant le temps, déjà lointain, où Mathilde et elle étaient gamines et se voyaient traitées avec presque la même attention bourrue par un Mathias souriant à demi derrière Suzanne, sa femme.

*   *
*

Le mardi soir, Pierrard a réuni les hommes chez la Rose. Les plaisanteries ne fusaient plus. On a commencé d'envisager qu'il avait pu se passer quelque chose et il a bien fallu se résoudre à faire appel aux gendarmes.

VIII

Heur et malheur d'Édouard

CRAMPONNÉ À SON VOLANT, Édouard surveillait le cadran qui indiquait la température du radiateur. Il était inquiet. Tout à l'heure déjà, dans la très rude montée de Laffrey, il avait dû s'arrêter une bonne demi-heure : le moteur de l'Aronde chauffait. La voiture, aux coussins et aux amortisseurs fatigués, avait eu toutes les peines du monde à terminer l'ascension comme cela se produisait à chaque fois qu'Édouard passait par là, c'est-à-dire une fois par mois ou presque, et même s'il s'efforçait de ne plus imposer à sa « bagnole » de telles excentricités. Elle était à son image : pas vraiment vieille, mais fatiguée et se contentant de quelques kilomètres à la fois, sur le plat de préférence.

Enfin, la pente de la route s'est adoucie. La voiture a traversé le village de Laffrey. À la sortie, Édouard a jeté un coup d'œil désabusé par la portière dont il avait baissé la vitre. Sur une légère éminence, une statue équestre à l'air martial dominait le grand lac. Une pancarte annonçait : « Prairie de la Rencontre ». Édouard a eu un sourire amer ; des lambeaux de souvenirs scolaires lui sont remontés à la mémoire : « … et l'aigle volera de clocher en clocher… », enfin, il lui a semblé que c'était quelque chose comme ça. Île d'Elbe ou Sainte-Hélène, Napoléon était passé par là.

Édouard n'aimait pas Napoléon, il ne l'avait jamais aimé. À l'école, déjà, il le détestait quand il fallait apprendre la succession des coalitions dont on ne savait jamais qui en avait fait partie de la Prusse, de l'Angleterre ou de la Russie, sans compter l'Autriche ou d'autres… Bien sûr, il y avait eu le Code Napoléon mais Édouard ne pouvait se défaire d'un malaise quand il pensait à Fouché, ministre de la police sous l'Empire, en quelque sorte un ancêtre à lui, Édouard Fauroux, ancien d'Indochine et d'Algérie et, pour l'heure, gendarme de son état.

Pendant que l'Aronde, enfin, avalait consciencieusement les kilomètres jusqu'à la Mure, traversant de petits villages où se voyaient des *Relais de l'Empereur* et autres *Hôtel Napoléon,* Édouard réfléchissait. À tout le moins, il essayait de déterminer les raisons qui avaient pu pousser son chef à lui confier cette mission improbable, dans un bled dont il n'avait qu'à peine entendu parler et qui n'était même pas dans le Champsaur ou le Valgaudemar qui dépendaient de la brigade à laquelle Édouard était affecté. Non, c'était en Dévoluy, qu'Édouard connaissait de nom bien sûr mais où il n'avait jamais mis les pieds. Jusque-là, il s'était contenté d'imaginer ce que pouvait être ce pays un peu perdu dont il savait qu'il se cachait derrière cette chaîne de falaises s'étirant sur des kilomètres du Pic de Gleize au sud à la pointe du Faraut au nord. La route venant de Grenoble sinuait au pied de ces escarpements qui culminaient à plus de deux mille mètres, et s'efforçait d'éviter la proximité du torrent de pierres et d'eau gris-bleu du Drac.

Buisson, l'adjudant-chef Buisson, avait tiré Édouard de la permission que celui-ci passait à Grenoble. La retraite était toute proche, qu'il avait commencé de préparer. Il cherchait un appartement dans une ville, sa ville natale, que les travaux en vue des Jeux Olympiques bouleversaient de fond en comble. Entre les boulevards qu'on perçait, le Palais de glace dont on avait lancé hardiment dans le ciel le voile de béton du toit, l'anneau de vitesse pour le patinage et les immeubles d'un quartier tout neuf qu'on appelait déjà le « Village Olympique », Grenoble faisait éclater son cocon de petite ville endormie au milieu de son écrin de montagnes. Apparaissait une ville moderne dans laquelle Édouard se réjouissait de revenir enfin, et même si les enseignes de beaucoup d'entreprises ou de magasins étaient devenues « Olympique » comme par magie, les épiceries comme les pressings ou les cordonneries !

* *
*

La voiture a amorcé la traversée de la Mure. Dans le centre, peu après la mairie, dont le luxe des pierres de taille et l'architecture second Empire détonnaient avec les petites maisons un peu noircies par le charbon des mines toutes proches, sur un trottoir assez large, un homme en tablier bleu installait des chaises et des tables devant son café. Édouard a ralenti. Il n'était qu'à peine 10 heures et, sans succès, il a lutté contre l'envie qui le poussait à s'arrêter. Il a cherché une place où garer la voiture avant de remonter à pied, lentement, la rue vide de passants. Il « s'engueulait » mentalement mais ses pieds, comme indépendants, l'ont conduit jusqu'au café dont la porte était ouverte. Quand il est entré, le cafetier lui a lancé un regard curieux avant de forcer le ton dans la jovialité :

« Bonjour ! Fait beau hein ? »

Édouard n'a pas répondu. Il s'est accoudé au comptoir :

« De la bière… Mais… de la pression hein ? Je veux un demi de brune. »

Le cafetier a souri :

« Sûr ! »

Il a saisi une chope de verre à cannelures, l'a tenue sous un robinet de cuivre et a abaissé la manette par petites poussées précautionneuses pendant que son regard allait, en sautes rapides, du robinet à Édouard. Celui-ci suivait attentivement la montée du liquide mousseux dans la chope avec déjà, dans la bouche, un avant-goût amer. L'homme a glissé devant lui une rondelle de carton qui portait le nom d'une marque qu'on ne pouvait déchiffrer tant la rondelle était maculée de cercles sombres, traces indélébiles de tous les demis qu'elle avait vu défiler. L'homme a posé la chope dessus et la mousse bavait, un peu brune, dégageant une senteur âcre.

Édouard a saisi l'anse, a porté la chope à sa bouche. Ses lèvres se sont noyées dans les bulles et il a bu une gorgée, une seule, longue, très longue. Il avait les yeux fermés pendant qu'il suivait le chemin du liquide coulant dans sa gorge. Il a reposé la chope et s'est essuyé les lèvres du revers de la main. Le goût doucereux de la bière lui avait envahi le palais cependant qu'un voile léger lui embrumait le cerveau.

Brusquement, il s'est aperçu que le cafetier l'observait. L'homme avait un petit sourire :

« Elle est bonne hein ? »

Édouard a grommelé : « Humph ! » pendant que son regard à lui s'évadait, faisant le tour du café.

« Z'êtes pas d'ici vous ?

– … Mmmm…

– Ceux d'ici, j'les connais tous… les mineurs surtout. Mais… c'est pas leur heure. Les autres, les paysans, y viennent que le dimanche…

– … Mmmm… »

Le cafetier n'a pas insisté. Il a saisi un torchon froissé et a commencé d'essuyer les verres qui attendaient dans un petit évier. Édouard a fini sa bière, plus calmement. Il a payé et est sorti. Le cafetier lui a lancé :

« Au revoir ! À la prochaine ! »

Édouard s'est retourné et, sans répondre, a levé une main fataliste. Il a descendu la rue, lentement. Il lui venait maintenant dans la bouche un goût plus amer et, dans la tête, la petite voix qu'il connaissait bien commençait à le narguer :

« T'as pas pu t'empêcher hein ? Sacré Édouard ! »

Il est arrivé près de l'Aronde. Un peu en colère, il a donné un coup de pied dans le pneu arrière avant de s'installer et de repartir.

* *
*

Les kilomètres ont défilé. L'Aronde moulinait tranquillement parce que, maintenant, la route s'était assagie. De temps à autre, Édouard regardait sur la droite, de l'autre côté de la vallée. À chaque fois son regard s'accrochait à l'Obiou qui semblait l'observer, solitaire et énigmatique. Cette vision ne lui disait rien de bon.

Alors, c'était là-bas, derrière ce géant qu'il fallait aller, et pour une affaire simple en plus : un type qui avait disparu. Buisson avait été plutôt laconique. Les « collègues de là-haut », c'était l'expression qu'il avait utilisée, les collègues de là-haut l'avait sollicité parce qu'eux étaient déjà bien occupés et qu'entre gendarmes il fallait s'entraider. Même s'il en avait eu grande envie, Édouard n'avait pas regimbé, ayant bien compris que c'était inutile. Buisson avait décidé, il fallait obéir tout en sachant que l'adjudant-chef devait être bien soulagé ; il se débarrassait ainsi d'Édouard pour quelque temps, et peut-être même définitivement puisque, à l'automne, le piètre gendarme qu'était Édouard se retrouverait pékin à la retraite.

La voiture a franchi les derniers lacets qui précédaient Corps. À l'entrée du village, tout de suite à droite, une pancarte indiquait : Saint-Étienne-en-Dévoluy. Mû par une pulsion presque indépendante de sa volonté, Édouard a tourné à gauche. La voiture s'est engagée dans la rue étroite qui l'a amenée au centre de la petite agglomération de Corps. Édouard s'est garé contre l'église dont le clocher de lourdes pierres semblait vouloir écraser l'abside noircie de poussière et de gaz d'échappement. Il n'y avait que l'embarras du choix : les cafés se disputaient les emplacements de chaque côté de la rue, laissant peu de répit aux autres commerces.

Édouard a porté son choix sur l'un d'entre eux qui avait une terrasse à laquelle on accédait par une volée de marches de pierre. Il s'est assis et, pendant qu'il attendait, ses yeux se sont attardés sur un sommet pointu qui semblait fermer la rue vers le sud : là-haut, à plus de deux mille mètres, le Faraut dressait sa masse sombre au-dessus des toits de tuiles. Édouard le connaissait ; il marquait l'entrée dans la haute vallée du Drac qui se partageait entre le Valgaudemar et le Champsaur.

Édouard a bu son demi, calmement. La femme qui l'avait servi ne s'était intéressé à lui que pour prendre sa commande et lui apporter sa bière avant de disparaître dans le café, dont la porte ouverte laissait filtrer une âcre odeur d'eau de Javel et de plancher mouillé. L'esprit d'Édouard s'était apaisé. Après tout, il n'en était qu'à sa deuxième bière. Il faisait beau, il avait le temps puisque les collègues du Dévoluy l'attendaient dans la journée sans qu'ait été précisée une heure d'arrivée. Il a failli commander un autre demi mais a réussi à se retenir. Il a posé deux pièces à côté de la chope vide et a repris le volant.

* *
*

La route était très étroite et de petits virages l'emmenaient vers le fond de la vallée. Édouard conduisait prudemment non sans jeter de fréquents coups d'œil sur sa gauche où la nappe émeraude du lac du Sautet, tout en bas, s'irisait au soleil avant d'aller se perdre vers le sud au pied de falaises qui barraient l'horizon. Un peu distrait et suffoqué par la vue du paysage qu'il découvrait, il a failli rater le virage qui marquait l'entrée du Pont du Sautet. La voiture a fait une embardée et Édouard a grommelé :

« Ben ! Ça commence bien ! »

Il a traversé le pont. On ne pouvait voir le mur du barrage qui était en dessous. La gorge que celui-ci fermait était si étroite et si profonde que la route paraissait planer au-dessus du vide. La furie des eaux avait creusé, inlassablement, une sorte de crevasse aux parois sombres entaillées de petites vires sur lesquelles s'accrochaient vertigineusement des arbustes torturés dont les branches pendaient au-dessus de l'abîme. Édouard a pensé que, de ce côté en tout cas, le Dévoluy était bien gardé.

Un peu plus loin, la route est remontée à travers un bois de fayards avant de déboucher sur un petit plateau qu'elle traversait d'un seul jet rectiligne. De chaque côté, des champs et des prés, plats comme la main, se paraient du rouge des coquelicots ou du jaune des pissenlits. À main droite, au pied de l'Obiou qui semblait vouloir l'écraser de sa masse, un village tassait ses maisons autour du clocher. Une pancarte indiquait : Pellafol. Édouard n'a pu s'empêcher de prononcer tout haut quelques jeux de mots vaseux que lui suggérait le nom de ce village.

Brusquement, le paysage a changé. Abandonnant le plateau, la route s'est perdue sous des rochers surplombants, puis s'est faufilée malaisément entre les quelques maisons d'un hameau au nom évocateur : la Posterle[1].

Plus loin, en virages sans visibilité, elle zigzaguait dans des bois de pins qui tentaient, parfois vainement, de retenir les pierres qui roulaient depuis les pentes au-dessus.

Bientôt, la route a sauté le torrent de la Souloise qui cascadait entre des blocs de calcaire gris et Édouard a pensé qu'elle n'irait pas plus loin, tant elle paraissait venir buter contre une falaise qui la dominait de plusieurs centaines de mètres. Mais non, obstinée, elle continuait en corniche puis forçait le passage par un tunnel dont les parois et la voûte de roche brute faisaient craindre des chutes de cailloux, voire un éboulement. Inquiet, Édouard a sursauté lorsque une énorme goutte s'est écrasée et a éclaté sur le pare-brise : ainsi, l'eau s'infiltrait à

1. *La Posterle : la petite porte, la poterne.*

l'intérieur de cette masse compacte dans laquelle la voiture et son occupant s'étaient imprudemment aventurés.

Un peu plus tard, après la sortie du tunnel qui avait vu la renaissance du jour, Édouard a arrêté la voiture. Il se sentait oppressé. Presque étonné d'être sorti indemne de ce défilé, il a fait quelques pas sur la route tandis que des images qu'il croyait avoir oubliées s'agitaient dans sa tête et que des sons renaissaient à ses oreilles. Il a dit tout haut, pour lui-même, comme s'il voulait se rassurer :

« Les *fells*[1], y se seraient régalés ici. Pour une embuscade, on fait pas mieux… »

Son regard averti, et un peu inquiet, repérait au-dessus de lui tel bloc ou telle vire qui, dans la pente couverte d'éboulis, aurait pu servir de cache à un tireur embusqué et, pendant quelques secondes, il a attendu le bruit du départ du coup de feu qui n'allait pas tarder à claquer. Enfin, il a repris pied dans la réalité et a ricané :

« Décidément, mon pauv' vieux, y t'en faut pas beaucoup pour te tourner le ciboulot… Deux bières et ça y est… Voilà que tu déconnes ! »

Il a jeté un dernier coup d'œil et s'est étonné : là-haut, dans la pente, au milieu d'un énorme pierrier, s'ouvrait la bouche noire de ce qui avait dû être

1. Fells : *ainsi les soldats de l'armée française surnommaient-ils les fellaghas, combattants algériens de l'A.L.N. durant la guerre d'Algérie.*

un souterrain ou une conduite et il s'est demandé à quoi avait pu servir cette construction surprenante et, surtout, quels insensés avaient pris le risque d'une telle installation, dans ce coin du bout du monde.[1]

Quand il a repris le volant, la route a continué de grimper, gentiment maintenant, côtoyant la Souloise avant de traverser le village de Saint-Disdier.

1. Il s'agit d'un canal d'irrigation construit à la fin du XIXe siècle. Il n'a été utilisé qu'une quinzaine d'années avant qu'on ne s'aperçoive que le torrent qui l'alimentait n'était pas assez important. De plus, le village qui était à l'arrivée du canal était menacé par les infiltrations d'eau qu'on n'avait pas prévues.

IX

Imbroglio chez la Rose

La Rose a posé son sac de provisions sur une des tables du café. La salle était vide. Elle a appelé : « Marion ! » Une jeune fille, dans les seize dix-sept ans, est apparue dans l'encadrement de la porte qui faisait communiquer le café avec la cuisine :

« Viens m'aider à ranger ! »

De la main gauche, Marion a repoussé une mèche follette qui lui tombait devant les yeux. La Rose a demandé :

« T'as vu personne ?

– Non. Et toi… à l'épicerie ?

– Bof ! Y savent rien… Gaston, j'crois bien qu'on est pas près de le revoir ! »

La Rose avait presque murmuré les derniers mots pendant qu'elle guettait, sur le visage de Marion, les réactions de cette dernière. La jeune fille est restée muette ; elle étalait mécaniquement les provisions qu'elle a commencé à emporter, en plusieurs fois, dans la cuisine. La Rose s'était réfugiée derrière le bar et faisait mine de rectifier l'alignement des bouteilles d'apéritifs sur les étagères courant devant une glace qui occupait la moitié du mur. Elle en profitait pour suivre, sans en avoir l'air, Marion qui allait et venait, l'air absorbé.

Elle ne pouvait s'empêcher d'envier un peu la jeune fille : les jambes longues et les genoux ronds qui apparaissaient furtivement à chaque pas dans la fente de la blouse, le ventre plat, les petits seins qui gonflaient la poitrine, le visage sérieux et mince avec le nez un peu long au-dessus de la lèvre rouge qui se retroussait à peine sur les dents petites et très blanches, et les cheveux enfin, courts et blonds, un peu frisottés. Avec une touche d'animosité, et beaucoup d'envie, la Rose a murmuré :

« Une jolie petite garce ! »

Elle s'est retournée et a rencontré son propre reflet dans la glace, le visage plein dans lequel éclatait fort le rouge de la bouche, les épaules fermes mais trop rondes, la poitrine un peu lourde… Elle a adressé au reflet une grimace dépitée et lui a tourné le dos. De la cuisine lui parvenait un bruit de choses qu'on range et de portes de placards qu'on ouvre et qu'on referme. D'une voix dont elle n'a pas su mesurer l'acidité, elle s'est enquise :

« Marion ! Maximin, qu'est-ce qu'il en pense ? »

Pendant trois ou quatre secondes, le bruit dans la cuisine a cessé. La voix de Marion est arrivée, un peu tendue :

« Maximin ? Ben… ben, j'sais pas, y m'a pas dit. »

Le rangement avait repris. Dépitée, la Rose a haussé les épaules : « Menteuse ! »

* *
*

La porte du café donnant sur la place était restée ouverte et le soleil étalait une flaque dorée qui fluait de biais sur le plancher noirci où blanchissaient quelques grains de sciure. On a entendu un bruit de moteur et des écrasements de pneus sur le gravier de la place ; une portière a claqué. Après quelques secondes de silence, pendant lesquelles les deux femmes avaient suspendu leur activité pour écouter, des pas se sont approchés et une ombre s'est étirée sur la flaque de soleil : quelqu'un était en arrêt devant la porte.

Une silhouette s'est encadrée dans l'entrée, celle d'un homme grand, un peu massif, tête nue. Dans le contre-jour, on ne distinguait pas ses traits. Une voix de basse a demandé :

« B'jour ! C'est vrai que vous avez des chambres ? »

La Rose s'est empressée :

« Bonjour ! Bien sûr qu'y en a ! Plusieurs ! »

Sous le casque de cheveux châtains à la permanente impeccable, son visage plein affichait un sourire de commande. Pendant qu'elle s'essuyait les mains dans un torchon qu'elle avait saisi sur le bar, elle s'est approchée de l'homme et les questions se bousculaient dans sa bouche gourmande rehaussée de rouge à lèvres :

« Vous êtes seul ?... Vous venez pour plusieurs jours ?... Vous avez des bagages ?... Vous voulez voir la chambre ?... Marion ! Montre la chambre 3 au monsieur ! »

Elle est allée derrière le bar pour saisir une clef qui, avec trois ou quatre autres, pendait sur un panneau de bois. Une étiquette de papier légèrement racornie était accrochée à l'anneau de la clef. L'homme s'est approché du bar. Le regard de la Rose a tenté d'envelopper l'inconnu dans une inquisition curieuse mais son regard a cillé. Elle a baissé les yeux un instant et la clef restait, inutile, au bout de sa main tendue vers Marion. Dans l'encadrement de la porte de la cuisine, la jeune fille semblait figée. Agacée, la Rose a intimé :

« Eh ben ! Marion ! »

L'inconnu s'est accoudé en face d'elle et a paru découvrir les manettes de cuivre au-dessus du bac de l'évier. Il a hésité deux ou trois secondes :

« C'est de la pression ça ?... De la brune... vous en avez de la brune ?

– Oui, oui ! Bien sûr ! »

Des pots de verre étaient accrochés sous la planche du bar. La Rose en a décroché un :
« Alors ? Vous en voulez ?
– Mmmm… »

Meublant le silence incommode qui s'était installé, la bière a coulé avec un bruit rond qui s'assourdissait dans la mousse. La Rose a posé le pot sur le comptoir. Elle n'osait pas regarder l'homme. Elle n'a vu que la main saisir l'anse, une main forte, un peu poilue à l'attache avec le poignet, avec les doigts aux ongles carrés étonnamment propres pour une aussi grosse main. L'homme a bu, sans bruit, la moitié du pot qu'il a ensuite gardé à la main. Il s'est tourné vers la porte d'entrée, le dos appuyé au bar. La Rose a osé enfin regarder sa nuque. Les cheveux poivre et sel étaient coupés très court. Le cou était solide, sortant du col d'une chemise bleu clair.

La Rose s'est secouée :
« La chambre ? Vous voulez la voir ? »
L'homme s'est retourné, a posé le pot sur le comptoir. Il a regardé Marion et a demandé gentiment :
« On y va ? »
Marion a pris la clef que la Rose avait mise sur le bar et tous deux sont partis, Marion devant et l'inconnu derrière. La Rose les a suivis, les yeux ronds, tandis qu'ils montaient l'escalier qui, le long du mur, conduisait à l'étage. Attentive, elle a écouté

leurs pas au-dessus de sa tête, le frottis léger des espadrilles de Marion et les appuis lourds de l'homme. Ils sont redescendus presque aussitôt. La Rose s'est enquise :

« Alors, ça ira ? C'est tout simple, mais vous serez bien. La chambre donne sur l'arrière et c'est tranquille.

– Mouais…

– Et…vous pensez rester longtemps ?

– J'sais pas… Ça dépendra de ce que j'ai à faire.

– Ah ! … »

La Rose a hésité ; l'homme l'impressionnait et il y avait longtemps que ça ne lui était pas arrivé ; les hommes… Elle s'est hasardée :

« La fiche, vous me la remplissez tout de suite ? Ça sert pas à grand-chose hein ? Mais, puisqu'y faut ! »

L'inconnu a fini sa bière, tranquillement. Il regardait la Rose, un sourire narquois marquait à peine son visage. Il a tendu le pot à la Rose et dit :

« La fiche ? Pas de problème… Je la remplis sitôt que j'ai posé ma valise. »

Il est allé sur la place. La salle a paru vide, tout à coup. La Rose et Marion se regardaient, à la fois effarées et interrogatives. La Rose a gloussé :

« Tu parles d'un loustic ! Mais hein ? C'est un client et on n'en a pas souvent. Alors faut l'soigner et… »

L'homme revenait avec, à la main, un sac de toile kaki et des vêtements qui se balançaient sur un cintre, protégés par une housse en toile. Il est monté sans rien dire et les deux femmes l'ont entendu fermer la porte de la chambre. Cinq minutes se sont écoulées pendant lesquelles la Rose et Marion, encore sous le coup de la surprise, sont restées silencieuses. Les yeux levés vers le plafond, elles guettaient on ne savait quoi.

Le pas lourd a descendu l'escalier. Édouard est apparu. Il avait passé son pantalon d'uniforme et mis des épaulettes à sa chemise. Son képi de gendarme pendait à sa main. Il s'est approché du bar, a posé le képi dessus :

« Voilà ! Donnez cette fiche, qu'on règle ça tout de suite ! »

Devant la Rose interloquée, et toute encombrée de ses mains, il a rempli la fiche, sans sourire. Marion ne savait plus s'il fallait entrer dans la cuisine ou rester là à regarder cet étonnant spectacle. Quand la fiche a été remplie, Édouard l'a poussée devant la Rose et a demandé :

« Ça va comme ça ?

– Ben… si j'avais su hein ? C'était pas la peine… non… pas la peine… »

Édouard a mis son képi sur la tête. Il est allé vers la porte et, au moment de sortir, il a demandé :

« La gendarmerie, c'est loin ?

– Non… non… trois ou quatre kilomètres p't'être !

– Bon. Merci ! À ce soir ! La bière, vous la mettrez sur la note.

– Oui… oui… non… À ce soir… m'sieur… »

Édouard était déjà à la voiture.

X

Joutes verbales

MATHIAS A HAUSSÉ LES SOURCILS avant de se mettre à bougonner. Il a laissé en plan Nanette qu'il était en train de bâter. Il est sorti de la cour afin de pouvoir mieux surveiller l'avancée du petit nuage de poussière qui s'élevait et progressait sous le talus, en bas du pré, sans qu'on puisse deviner encore quelle en était l'origine. Une voiture foncée est passée devant la maison d'Anna ; elle ne s'est pas arrêtée et s'est engagée dans le virage du tertre. Mathias a senti la colère le gagner, qu'il s'est efforcé de tempérer. C'était un petit bouillonnement, celui du lait qui commence à tourner et retourner sur lui-même dans le fond de la casserole. Si l'on s'y prend à temps, il suffit d'éloigner la casserole du feu et le lait se calme, ne gardant en surface qu'un peu d'écume aux bulles translucides qui ne parviennent pas à crever. La colère ne montait plus mais Mathias la sentait chaude encore, prête à s'enfler.

Il est venu se camper au milieu du passage, juste à l'endroit où le chemin entrait dans « sa » cour. Pendant qu'il attendait, il tentait, pour se calmer, de se souvenir de la dernière voiture qui était montée jusqu'ici. Il devait y avoir longtemps parce que rien de précis ne se présentait à son esprit : le livreur de réfrigérateurs peut-être, qui avait failli faire demi-tour parce que Mathias ne l'attendait pas et l'avait mal reçu ? Offusqué, l'homme avait craché :

« Ah ben vous alors ! »

La voiture a débouché du virage, un peu ronde derrière son mufle noir. Elle traînait dans son sillage des enroulements grisâtres de poussière et Mathias a pensé :

« Faudrait quand même qu'y pleuve un peu ! »

Elle s'est arrêtée à quatre ou cinq mètres, lui n'avait pas bougé du milieu du chemin. Derrière le pare-brise encrassé, que les essuie-glaces avaient orné maladroitement de deux éventails foncés, se devinaient des silhouettes indécises. La portière du côté du chauffeur s'est ouverte et la poussière a dansé dans les jambes de celui qui s'apprêtait à descendre. Il s'est déplié et Mathias a eu juste le temps de constater qu'il était grand et costaud. Il était tête nue. Mathias lui a jeté :

« Dis donc, toi là ! Faut pas te gêner ! C'est privé ici ! »

À ce moment-là seulement Mathias a reconnu le pantalon marine et la chemise bleu clair avec les épaulettes. Il a pensé :

« Merde ! Les gendarmes ! Et y sont pas avec la Peugeot ! »

Le gendarme en face de lui n'a pas paru surpris et, sans se démonter, il s'est penché à l'intérieur de la voiture dans laquelle le passager n'avait pas bougé. Il a saisi quelque chose et s'est redressé, il avait un képi à la main. Il a fait deux pas vers Mathias. Il n'avait pas l'air en colère, seulement un peu goguenard. Il a mis le képi sur sa tête avant de demander calmement :

« Et comme ça, ça va ? Je peux avancer ?

– Ouais… ben… j'pouvais pas savoir…

– P't'être que t'aurais pu attendre un peu… pour savoir ! »

Le tutoiement a surpris Mathias qui a failli répliquer vertement. Puis, il s'est souvenu que lui aussi avait tutoyé ce gendarme qu'il n'avait jamais vu. Il aurait pu expliquer la méprise mais s'est refusé de le faire. Après tout, l'autre était moins âgé que lui, même s'il ne paraissait pas de la première jeunesse : « Quarante-cinq, cinquante peut-être… » a pensé Mathias. Et puis, gendarme ou pas, qu'est-ce qu'il en avait à faire, lui, Mathias. Les autres, ceux du pays, les collègues de celui-ci, que lui connaissait, n'avaient même pas eu à monter jusque devant chez lui. C'était plus bas, où il les avait rencontrés, que Mathias leur avait parlé, pour leur dire que c'était pas la peine qu'ils se déplacent, qu'il avait rien vu, qu'il savait rien, que Gaston ben… Il avait dit tout ça calmement et les gendarmes n'avaient pas insisté.

Quand même, celui-là, grand et costaud, Mathias avait tendance à penser qu'il était, comment dire, peut-être plus… ou alors moins… voilà, moins gendarme que les autres. Il ne disait rien, il regardait autour de lui, le jardin, Nanette qui broutait un chardon dans la cour, le pré dans lequel il a fait quelques pas, et la maison d'Anna, en bas, sur laquelle son regard a paru s'attarder. Il a demandé :

« La maison, là, c'est celle de Gaston Daurel ? »

Mathias a trouvé presque drôle que le nom de Gaston soit accolé à son prénom. Il y avait bien longtemps que tout le monde disait : « Gaston » et savait foutre bien de qui il s'agissait. Il n'a pu s'empêcher de persifler :

« Qui c'est qui t'as dit ça ? »

– Ben… c'est ce que tout le monde dit !

– Peuh ! Ce que le monde dit… Moi, je dis que c'est la maison d'Anna ! »

Les deux hommes se sont jaugés du regard, chacun sûr de son fait. Sans qu'ils s'en rendent vraiment compte, une sorte de connivence les a poussés à poursuivre le duel verbal pour voir qui allait céder le premier, et d'abord s'il y en aurait un.

« Bon ! C'est la maison d'Anna Daurel puisque tu le dis. Et toi, je suppose que tu es Mathias Paulin ?

– Ouais, depuis toujours.

– Donc, c'est toi qu'on vient voir. Moi, je m'appelle Fauroux, Édouard Fauroux. »

Le silence s'est glissé entre eux, chacun attendant que l'autre avance sa première pièce. Édouard a fait une ouverture :

« Tu te doutes pourquoi on vient ?

– ... ?

– Pour Daurel bien sûr. Ça fait combien maintenant qu'on l'a pas revu ? Y aura bientôt une semaine non ?

– ...

– Les collègues d'ici, y z'ont cherché mais, y'z'ont beaucoup à faire. P't'être qu'y faut chercher encore... Alors, j'suis là pour ça... pour voir si on peut faire quelque chose hein ? On m'a dit que tu connaissais bien le pays... et Daurel aussi... Alors, p't'être, tu pourras nous aider... ? Un peu... ? J'ai un adjoint, le jeune qui est là... On va chercher encore... Daurel, y peut pas être bien loin... hein... ? Qu'est-ce t'en penses ? »

Mathias, le visage fermé maintenant, écoutait et regardait le gendarme en face de lui : les souliers d'abord, bien astiqués, puis le corps, costaud, le visage, un peu fatigué vers la bouche et les yeux. Il s'est méfié de la confiance qui lui était venue trop vite en face de celui-là qui lui expliquait sa petite affaire, calmement, en le tutoyant, et qui, bizarrement, paraissait à peine convaincu de ce qu'il disait. Mathias a eu un haussement d'épaules :

« T'aider… t'aider… C'est vite dit. L'Gaston… va savoir ?

– Ben… T'as le temps d'y réfléchir hein ? Penses-y… J'sais pas moi… Des endroits où y pourrait être tombé et où on penserait pas à l'chercher… ou… autre chose… Enfin… c'est toi qui vois… J'repasserai d'ici un jour ou deux… Tu me diras… Hein, d'accord ?

– Bof ! Si tu y tiens… Mais, sûr que j'vois pas trop. On a dû te dire… les autres… moi… c'est pas trop mon affaire, et les miennes d'affaires… j'aime pas trop qu'on s'en occupe ! »

Édouard a souri, en plissant les yeux. Mathias a deviné que le sourire était moqueur, sans plus, voire un peu complice. Édouard est allé à la voiture. Il a ouvert la portière et s'est tourné vers Mathias qui attendait, toujours planté au milieu du chemin :

« Allez ! À bientôt, Mathias ! J'peux t'appeler comme ça hein… ? Maintenant qu'on s'tutoie !

– Ouais… enfin… Ma foi, c'est comme tu voudras… Édouard…»

En marche arrière, la voiture a commencé de reculer, malaisément, dans le chemin. Sur le siège proche, Gérard Costes, le jeune collègue d'Édouard, n'a pas su s'il fallait en rire. Il cherchait vainement à comprendre pourquoi le costaud qui était à côté de lui, ce gendarme qu'on lui avait ordonné de seconder, et de surveiller un peu aussi, pourquoi ce type qui ne devait pas avoir peur de grand-chose n'avait pas forcé le passage pour faire demi-tour dans la cour de Paulin au lieu de reculer dans ce chemin malcommode. Il a constaté :

« T'as vu ? On t'avait averti ? L'Paulin, c'est un drôle ? »

Édouard s'est contenté de sourire.

Mathias était toujours au milieu du passage. On ne pouvait juger si son attitude était encore une posture de défi ou s'il était en attente d'on ne savait quoi. Il a suivi le nuage de poussière qui, à l'envers, poussait la voiture derrière le talus jusqu'à la maison d'Anna devant laquelle elle s'est arrêtée. Il a distingué les deux gendarmes qui en sortaient. Une réserve incontrôlée l'a poussé derrière un arbre : il ne voulait pas être vu mais il avait besoin de savoir ce que les autres allaient faire.

* *
*

« On jette juste un coup d'œil autour. De toute façon, la femme de Daurel est pas là. »

Le ton de la voix d'Édouard pouvait donner à penser que ce qu'il disait était sans importance. Costes a répliqué, et sa voix marquait une réserve inquiète :

« Tu sais ? On est déjà venu. On a regardé… partout. S'il était par là… on l'aurait trouvé. Pis, t'as entendu ce que le chef a dit ?

– Ouais… ouais… bien sûr. Mais hein ? Ça coûte rien puisqu'on est là ! »

Édouard a commencé à tourner, à regarder ici ou là, rien de précis. Il ne touchait à rien, pas même aux portes. De temps à autre, son regard s'aventurait au delà du pré, vers la maison de Paulin, ce Mathias mal embouché qu'il n'arrivait pas à trouver antipathique. Il aurait mis sa main au feu que l'autre était là-haut, bien caché, à suivre ce que faisaient les gendarmes.

* *
*

Ainsi, il avait fait la connaissance du fameux Mathias, le vrai, qu'il venait de rencontrer et ressemblait beaucoup à l'autre, celui qu'il avait tenté d'imaginer à travers ce que lui en avait dit Grandier. Le brigadier-chef Georges Grandier avait reçu Édouard il y avait deux jours. C'était un grand escogriffe, au crâne dégarni, à la bouche un peu molle. Il avait inspecté Édouard des pieds à la tête après l'avoir salué réglementairement. Édouard avait rendu le salut, mais il avait envie de rire. Sans doute satisfait de ce qu'il découvrait, l'autre avait lancé :

« Bon ! Te voilà enfin ! T'arrives à pic ! Viens avec moi ! Faut qu'on cause ! »

Sa voix, à peine teintée d'accent méditerranéen, grasseyait légèrement et, manifestement, un débit précipité et l'usage de phrases courtes devaient lui servir à tenter d'asseoir une autorité que, pourtant, personne ne songeait à lui contester.

Il avait expliqué pourquoi Édouard était là. Un homme avait disparu, un dénommé Gaston Daurel. Les derniers à l'avoir vu étaient quelques lascars, des habitués qui avaient bu avec lui, jusqu'à 3 ou 4 heures du matin, dans un café du village où habitait Daurel, café tenu par une dénommée Rosette Davant, dite la Rose. Édouard avait sursauté mais l'autre, tout à ses explications, ne s'était rendu compte de rien. Le monologue avait continué. Bien sûr, à cette heure, le café aurait dû être fermé depuis longtemps mais hein… ? Daurel était rentré chez lui. On était dimanche et sa femme s'apprêtait pour aller en pèlerinage à la Salette. Ah ! Le fils aussi était là, Maximin, dans les seize, dix-sept ans. Lui, tous les dimanches ou presque, allait en montagne et, ce jour-là, il était parti en même temps que sa mère. Le soir, quand ils étaient rentrés, chacun de son côté, Daurel était absent. La mère et le fils ne s'étaient pas trop inquiétés. Le lundi matin, Gaston (à partir de ce point des explications, Grandier n'avait plus parlé de Daurel ; il disait Gaston) n'avait toujours pas reparu. Ça, c'était grave parce que c'était lui le cantonnier et que ça embêtait beaucoup Pierrard, le maire de son village. Pierrard avait fait des pieds et des mains pour faire avoir la place de cantonnier à son ami Gaston.

« Tu comprends ? La Résistance… Y z'ont fait un peu de résistance ensemble, Pierrard et Gaston… »

Quand il avait donné cette explication, le brigadier-chef Grandier affichait, sans s'en rendre compte, une moue quelque peu dubitative. Voilà ! Le mardi, ceux du village avaient fouillé un peu partout, sans résultat :

« … alors, bien sûr, y sont venus nous chercher. Et nous… on a cherché aussi. Pour l'instant, sans résultat. T'as vu ? Le pays est grand et pas commode. L'autre, le Gaston, c'est braco et compagnie. Alors, vas-t'en savoir où il a pu traîner ses guêtres. De toute manière, à l'heure qu'il est hein… ? J'te fais pas un dessin ! Plus de trois ou quatre jours dehors, sans manger… et… sans boire ! T'imagines ? »

Grandier s'était tu un moment. Il avait fait mine de ranger deux ou trois papiers qui traînaient sur la table qui était devant lui, avant d'y poser ses fesses maigres. Il s'était penché vers Édouard et avait assuré d'un ton qui se voulait convaincant :

« Nous, on a déjà plein de boulot et, en plus, y construisent la route, pour la station de ski ; t'as dû voir en passant. Alors voilà ; toi, tu continues d'chercher. Je t'ai mis un second, un jeune. Gérard Costes qu'y s'appelle. Tu le verras tout à l'heure. Je t'ai préparé une carte au vingt-cinq millièmes, avec des petits carrés, pour rien oublier. Mais tu sais ça mieux que moi : paraît que le ratissage ça t'connaît ! »

À ce stade de ses explications, Grandier avait fait un clin d'œil de connivence et Édouard s'était demandé ce que Buisson, son chef, avait bien pu raconter sur un subordonné qu'il n'appréciait pas beaucoup. Édouard revoyait la mine déconfite de Buisson quand il avait refusé de lui raconter ce qu'il avait fait en Algérie. Grandier allait-il faire de même ? En attendant, il avait asséné :

« Prends ton temps hein ! Mais, j'veux du sérieux ! J'ai le maire, Pierrard, sur le dos. Y me lâche pas ! »

Enfin, il s'était tu.

Édouard avait digéré les informations. Un arrière-goût de bière brune lui était revenu à la bouche, il avait pensé qu'il avait soif. Il s'était « engueulé » intérieurement :

« Mon vieux ! c'est fini. Va falloir être sérieux ! »

Grandier avait fait mine de se lever et Édouard avait demandé :

« Donc, ce Daurel, il a disparu… comme ça, sans laisser de traces… ? »

Grandier avait reposé ses deux fesses sur la table :

« Qu'est-ce que tu veux dire ?

– Ben, j'sais pas moi… Y se serait blessé… ? Il aurait pas pu revenir tout seul ?

– Ouais ! C'est sûrement c'qui s'est passé. Pas la peine de chercher plus loin. Un braco, hein ? En plus, qu'il était à peine dessoûlé si ça se trouve ! »

Grandier s'était fermé ; même sa bouche pendait moins. Édouard n'avait pas jugé utile d'aller plus avant sur le sujet. Il avait transigé :

« Bon ! On s'y met dès que possible, avec Costes. C'est bien comme ça qu'y s'appelle le jeune ?

– Oui… Gérard Costes. Tu verras, il est sérieux. Pas la peine d'attendre, tu vas pouvoir discuter avec lui tout de suite. Ah ? À propos, pour ton logement, on t'a préparé un petit coin, à l'étage. Un lavabo, un lit de camp. Pour un ancien d'Algérie comme toi hein ? Ça doit aller ? »

Il avait eu un rire forcé. À nouveau, sa bouche pendait un peu. Édouard l'avait fauché en plein élan :

« Je te remercie mais… ça y est… J'ai ce qui me faut. J'ai trouvé… en venant. C'est simple mais ça m'ira bien. »

La bouche de Grandier pendait un peu plus :

« Ah bon ? Et… on peut savoir ?

– Ben oui… Chez Rosette Davant. »

Grandier avait ouvert la bouche, comme un poisson hors de l'eau :

« Chez la Rose ? Comment t'as su ?

– Comment j'ai su ? Comment j'ai su quoi ?

– Ben… J'te l'ai dit. C'est là qu'il était… Gaston… le fameux soir ! C'est le seul bistrot dans le village où il habite ! »

Édouard avait refréné le rire qui montait :

« Du pot ! C'est du pot ! J'vais être sur place ! »

Et il avait constaté que sa satisfaction était loin d'être partagée par Grandier. Une discussion à fleurets mouchetés s'était ensuivie et Grandier avait fini par baisser pavillon :

« Bon… tu coucheras là-bas mais… j'veux un rapport ! Tous les jours !

– Tous les deux jours, ça serait pas suffisant ? Ça fera trois pour la semaine. Bien sûr, si y a du nouveau, je t'appelle tout de suite. Pis, t'auras Costes aussi… »

À peine cette réflexion avait-elle franchi ses lèvres qu'il avait réalisé qu'elle était de trop. Pourtant, quand il l'avait émise, il n'avait pas pensé à mal. Mais elle devait avoir visé juste parce que Grandier l'avait regardé avec un drôle d'air avant de concéder :

« Va pour deux jours. Quand même, pour ton cantonnement, avant… t'aurais pu demander ! Enfin ! Oublie pas hein ? Tous les deux jours ! Et puis, va savoir… P't'être que vous trouverez vite. »

Grandier avait décollé les fesses de la table et Édouard avait pensé qu'il faudrait beaucoup de chance pour trouver si vite ce que les gendarmes du coin n'avaient pas su trouver, eux qui connaissaient le pays. Mais il avait jugé préférable de ne pas faire de commentaires. Grandier n'était pas content et il ne fallait pas être grand clerc pour deviner qu'il allait le faire savoir à Buisson dans les minutes suivantes. Édouard s'en fichait.

* *
*

Dès le matin suivant, ils s'étaient mis à chercher, Costes et lui. Ils s'en tenaient strictement au quadrillage prévu par Grandier et cochaient les cases quand le territoire représenté avait été fouillé. Ça n'allait pas très vite parce que le terrain était difficile. Édouard découvrait le Dévoluy et il constatait que ce pays était capable de vous surprendre en vous faisant croire qu'il ressemblait au bled algérien et aurait pu cacher des embuscades dans des *clapiers*[1] arides mangés de soleil. Un peu plus loin, il avait changé ; il vous cassait les jambes et vous coupait le souffle à grand renfort de pentes raides, de bois de pins ou d'épicéas, de ravins ou de pierriers qui tentaient vainement de se cacher sous des buissons de framboisiers et d'épine-vinette.

* *
*

Quand ils s'accordaient une petite pause, les deux hommes discutaient. Édouard faisait causer le jeune gendarme, ce qui ne s'avérait pas très difficile. Il n'avait pas fallu longtemps pour qu'apparaisse l'essentiel de la situation. « On » était coincé. « On » n'avait que peu d'espoir de retrouver Gaston mais « on » ne pouvait pas rester sans rien faire.

D'abord, il y avait Pierrard, le maire, qui relançait sans arrêt. Quelques hommes du village aussi

1. Clapier *: de* clap, *« pierre » en patois. Le clapier est un tas de pierres que les paysans ont entassées pour en débarrasser les maigres terres ou pâtures qu'ils ont réussi à dérober au pays difficile dans lequel ils vivent.*

commençaient à émettre des doutes sur les capacités des gendarmes. Édouard avait tenté de suggérer que la femme de Daurel devait être très inquiète : il lui avait semblé que personne ne paraissait s'intéresser à son sort ; c'était pourtant son mari qu'on recherchait. Costes était resté dubitatif et même il avait paru se refermer un peu. De Daurel, Costes ne disait presque rien, prétextant que lui, encore nouveau dans le pays, le connaissait peu.

Le soir du deuxième jour, hier donc, Édouard avait fait son rapport, comme prévu. Ç'avait été rapide puisqu'il n'y avait strictement rien de nouveau. Il se préparait à partir, puis s'était ravisé. Il avait hésité avant de se lancer. L'idée lui avait trotté dans la tête, toute la journée. Il s'était appuyé au mur, les deux mains derrière le dos. Grandier, une fesse sur la table, le regardait ; un air étonné faisait pendre sa mâchoire :

« Dis Georges... J'ai pensé à quelque chose...

– Ah bon ?

– Le Gaston, ç'ui qu'on cherche... et... et s'il était pas perdu ? »

Grandier avait fermé la bouche avant de déglutir :

« Pas perdu ? Comment ça, pas perdu ? Où y serait passé alors ?

– Ben... J'sais pas moi...Y peut avoir foutu le camp ?

– J't'arrête tout de suite ! T'y es pas du tout ! Gaston ! Foutre le camp ! Alors celle-là, tu me la copieras ! »

Il avait ri, presque méchamment :

« Et... pour aller où hein ? Tu peux me dire ? Et, pourquoi d'abord ? Pourquoi qu'il aurait foutu son camp ?

– Ben... Est-ce que je sais moi pourquoi, des fois, on fout le camp... ? N'importe qui peut foutre le camp ! Quand t'en as marre... du pays... ou du boulot... ou... ou... de ta femme... ou...

– T'es impayable toi ! Buisson me l'avait dit... »

Il s'était mordu la lèvre inférieure pour s'arrêter de rire. Édouard n'avait pas relevé l'allusion. Il avait enchaîné :

« Bon, admettons, il a pas foutu son camp. Alors... p't'être qu'on l'a aidé...?

– Aidé ? Comment ça aidé ?

– Ben oui... aidé à disparaître quoi, ou même... poussé un peu... »

Le visage de Grandier était devenu mauvais ; la table avait tremblé quand le gendarme s'était dressé :

« Qu'est-ce que t'es en train de me dire ?

– Ben que Daurel, si ça se trouve, y a quelqu'un qui s'en est occupé !

– Nom de D... ! T'es rien culotté ! De quoi tu te mêles ? Tu sauras qu'ici y a personne qui aurait pu faire ça. Ici, personne tue personne, nom de D... ! C'est pas comme... comme ailleurs ! »

Il postillonnait et fusillait Édouard du regard :

« T'es pas ici pour imaginer ! T'es ici pour chercher ! Alors, tu cherches et tu t'occupes pas du reste ! T'as compris ? »

Édouard était toujours appuyé au mur, il n'était pas impressionné :

« D'accord ! Je cherche et je ferme ma gueule. Moi je disais ça pour aider, c'est tout...

– Ça suffit ! j'veux plus entendre parler de ça ! »

Grandier s'était rassis sur la table, une fesse seulement. Son visage était rouge. Il avait ordonné :

« Tiens ! Tant qu'à prendre des initiatives... Demain, t'iras voir Paulin, Mathias Paulin. P't'être qu'à toi qui es si malin, il acceptera de donner un coup de main. Y connaît tout le pays çui-là, mais c'est un coriace. Il habite en face de chez Daurel. Costes sait où, y te montrera. C'est un ordre hein ? J'te souhaite bien du plaisir ! ... À propos d'initiative, pour la femme de Daurel, Anna, c'est moi qui lui ferai les rapports. C'est de ma responsabilité. Pour le maire, ben, c'est pareil... sauf si y te demande bien sûr ! »

* *
*

Édouard a jeté un dernier coup d'œil par-dessus le talus : d'ici, on voyait très bien la maison de Mathias. Il a souri, pour lui-même. Voilà qu'il pensait : « Mathias » alors qu'il venait de voir le bonhomme pour la première fois. Là-haut, rien ne bougeait. Édouard, pourtant, croyait sentir un regard le suivre de loin. Voilà qui allait mettre un peu de piment dans cette mission qui commençait déjà à lui peser même si la compagnie du jeune Costes permettait de ne pas trouver le temps trop long. Il a lancé :

« Bon ! On s'en va ! »

XI

Képi sur table

Édouard surveillait les mains de la Rose mais ce qui éveillait son intérêt était surtout le niveau de la bière qui montait dans la chope que la femme tenait sous le robinet dont elle actionnait la pompe avec un savoir-faire qui dénotait une grande habitude. Elle prenait des poses dont le gendarme s'amusait, penchait le buste, laissait s'ouvrir le haut de la robe à fleurs et deviner la naissance des seins qu'elle savait généreux. Elle a minaudé :

« La bière brune, avant vous, j'en passais pas beaucoup… Y a peu d'hommes qui savent apprécier… »

Édouard a souri tout en saisissant la chope et en évitant de frôler la main de la Rose. Il a murmuré : « Merci ! » avant d'aller s'asseoir à une table, au bout du bar, contre le mur. Cette table, il l'avait choisie à dessein, dès le premier soir. De là, on voyait tout ce qui se passait dans la salle et, surprise, on entendait très bien aussi, par un miracle d'acoustique que personne n'aurait imaginé. Il passait là une bonne heure à siroter deux bières après avoir mangé ce que lui avait servi Marion. La jeune fille faisait une bonne cuisine, pour elle et la Rose. Elle avait augmenté les proportions sans rien changer à ses habitudes culinaires et Édouard s'était déclaré très satisfait de l'arrangement.

* *
*

Depuis qu'il était là, Édouard en avait appris des choses, de ces choses que le brigadier-chef Grandier n'avait pas jugé utile de dévoiler on se demandait bien pourquoi. Ainsi, Gaston était un habitué du café, pour ne pas dire un pilier. La Rose non plus n'en avait pas dit un mot mais, en ce qui la concernait, cela pouvait se comprendre. Les habitués du lieu n'avaient pas eu de ces délicatesses. Après un jour ou deux de retenue, ils avaient repris leurs discussions comme si Édouard n'avait pas été là. Après tout, lui aussi buvait gentiment son petit coup, comme tout le monde. Il ne faisait pas de bruit, restait dans son coin sans se manifester en aucune manière.

Les clients de la Rose parlaient de tout et de rien, comme dans tous bistrots du monde : du travail, du temps qu'il faisait, des femmes qui attendaient à la maison et feraient la gueule tout à l'heure, de la politique et donc de la guerre d'Algérie qui était finie et qui libérerait enfin quelques jeunes du pays « … qui avaient rien à foutre là-bas… y avait l'armée qui aurait dû s'en occuper… que même si y fallait se faire trouer la peau, c'était leur métier non ?… » Édouard avait quelquefois envie de répondre mais, tout de suite, il se demandait ce qu'il aurait bien pu dire pour expliquer. Et d'abord, expliquer quoi ? Lui en revenait de « là-bas », et d'Indochine aussi… et il était ici, à boire de la bière brune parce que c'était une des choses qu'il avait apprises en ce temps-là, et une des rares qu'il ne se reprochait pas trop, en tout cas certains jours quand il s'arrêtait à deux chopes… ou trois…

Les hommes, au bar, cancanaient un peu les uns sur les autres, plaisantaient grassement pour faire glousser la Rose qui mettait un index sur ses lèvres en indiquant d'un pouce discret la cuisine dans laquelle Marion se préparait à sortir avec son amoureux. Édouard savait maintenant que c'était Maximin, le fils de Gaston.

Les buveurs se querellaient aussi, au sujet de la station de ski, et commentaient l'avancement des travaux de la route qui conduirait au plateau d'Aurouze « … où y aura bientôt plus de pylônes que de moutons… ! » C'était le point de départ des commentaires sur la disparition de Gaston qui, le

« pôvre », l'attendait tellement cette route ; il était persuadé qu'elle allait lui procurer tant de travail qu'il faudrait embaucher au moins un autre cantonnier et que lui, par ancienneté, serait le contremaître. Les buveurs, au bar, affichaient des sourires entendus et se tournaient vers Édouard. L'un ou l'autre lui lançait :

« Alors ? Toujours rien ? »

Édouard sentait une pointe d'ironie. Il restait calme et faisait non de la tête avant de reprendre son tête-à-tête avec sa chope de bière.

* *
*

Un soir, l'un d'entre eux s'était approché et avait demandé, d'un ton qui se voulait impersonnel :

« Et… aujourd'hui ? Vous étiez où ? »

Tout le monde, dans le pays, était maintenant au courant que Costes et Édouard poursuivaient les recherches, vainement jusqu'ici, ce qui donnait à penser à beaucoup qu'en tout cas la bonne volonté ne manquait pas, à défaut de résultats. Édouard avait expliqué, gentiment, citant des toponymes qu'il avait lus sur la carte au vingt-cinq millièmes de Grandier. L'homme avait ouvert de grands yeux avant de se tourner vers ses compagnons qui étaient restés au bar. Il avait lancé :

« Eh ! Vous autres ! Écoutez ça ! Y cherchent Gaston aux Étroits ! »

Tous s'étaient esclaffés et l'un d'entre eux avait plaisanté, très fort :

« Sûr qu'c'est pas là-bas qu'y doit être Gaston, mais plutôt à Grimpeloup dans le bois de Malmort ! »

Le silence était tombé, gris et vide, griffé par le raclement des souliers sur le sol. Les buveurs, gênés, fixaient le contenu de leur verre. Le gaffeur avait toussé :

« Putain ! J'ai pas pensé à mal moi ! Gaston, on sait bien qu'c'est pas aux Étroits qu'y peut être... »

Il avait ajouté, plus bas : « ...Y a trop d'eau... » et tous avaient étouffé des rires.

Édouard s'était remémoré ces « Étroits », comme on les appelait ici, et où la fichue carte de Grandier les avait envoyés le matin, Costes et lui. Pour la première fois depuis le début de leur collaboration, le jeune gendarme avait manifesté une sorte d'insoumission. Il avait bougonné :

« On perd notre temps... Le chef, y dit qu'y faut aller là-bas mais... moi j'y crois pas. Gaston, qu'est-ce qu'y serait allé fabriquer dans un endroit pareil ? »

Quand ils y étaient arrivés, ils s'étaient figés au bord d'une faille telle qu'on ne pouvait qu'imaginer un tremblement de terre fendant le sol, sur plusieurs centaines de mètres, pour ouvrir cette fente zigzagante de plus de cinquante mètres de profondeur, du fond de laquelle montait la rumeur d'une eau invisible. Le soleil, jamais, ne devait réussir à pénétrer l'intérieur de cet abîme.

Costes avait regardé, un peu effrayé alors qu'il connaissait l'endroit pourtant. Sans doute avait-il senti la nécessité de rompre l'espèce de paralysie qui l'avait saisi et il avait raconté à Édouard une des légendes qui couraient sur cet endroit, comme il en court toujours quand les hommes ne peuvent ou ne savent expliquer l'angoisse qui les étreint devant une nature qui les dépasse. Sa voix se voulait ironique pour parler du « Saut de la Pucelle », une jeune fille qui, d'un bond formidable, aurait franchi la faille, il y avait longtemps, pour se garder des entreprises d'un mauvais chevalier à moins que ce n'ait été du diable. D'autres parlaient du « Saut de l'Homme », un proscrit ou un évadé qui tentait d'échapper à la maréchaussée ! Les deux gendarmes s'étaient regardés avant d'éclater de rire mais tous deux imaginaient, sans le dire, la jeune fille sautant au-dessus du vide là où maintenant une route et un pont étroit permettaient de passer d'une rive à l'autre, ils pensaient même d'un monde à l'autre.

Plus sérieusement, Édouard s'était refusé d'envisager que quelqu'un, Gaston même, le braconnier qu'on lui avait décrit, ait pu venir ici, ou alors… pour se suicider, mais ça n'entrait pas dans le portrait de l'individu qui se dessinait peu à peu, en petites touches se superposant les unes aux autres quand on écoutait les clients de la Rose parler de leur compagnon de beuverie et dont personne ne savait ce qu'il pouvait fabriquer à l'heure présente.

* *
*

L'homme qui était venu vers Édouard s'était assis. Alors seulement, il avait hésité :

« J'peux hein ?

– Bien sûr ! Tu peux... Tu bois quelque chose ? »

L'autre avait regardé la bière avant d'interroger :

« C'est bon ça ? De la bière comme ça, j'ai jamais essayé... »

Édouard s'était penché vers lui et avait demandé, le plus naturellement du monde :

« C'est quoi ton nom ?

– Ben... Marchand... Étienne Marchand...

– Étienne, tu vas boire une brune et tu m'en diras des nouvelles ! »

Il était allé au bar et avait rapporté une chope pendant qu'Étienne se tortillait sur sa chaise en jetant des regards gênés sur ses amis. Mais eux avaient déjà repris leurs discussions et se désintéressaient de son sort.

Ce soir-là, Étienne et le gendarme n'avaient parlé que de choses sans importance. Édouard écoutait, attentif, évitait de poser des questions. Ça n'était pas nécessaire, l'autre avait envie de parler. On le sentait aux silences qu'il s'imposait à contrecœur, on le voyait à ses mains qui trituraient la chope, on le lisait sur ses lèvres qu'il mordillait à petits coups et dans ses yeux dont le regard fuyait pour revenir, vite, à Édouard qui l'encourageait tacitement.

Le jour suivant, Étienne était revenu à la table d'Édouard et celui-ci avait demandé :

« Une petite brune ?

– Oui… oui… ma foi, c'est pas si mauvais que ça ! »

Ils avaient discuté, de la pluie et du beau temps. Édouard s'était inquiété :

« Ta femme… P't'être qu'elle sera pas contente que je…

– Ma femme ? J'ai pas de femme moi. Pour quoi faire ? Comme Gaston ? »

Édouard n'avait pas relevé l'allusion. Il avait bu une gorgée, posément, et avait attendu la suite parce qu'il était sûr qu'elle allait venir :

« Avec une femme… le bistrot hein ? Tu peux plus y aller… ou presque… Non ?… Les femmes, elles veulent pas… Elles râlent ou elles font la gueule. Tiens… Prends Gaston par exemple… enfin… si on peut dire… »

Étienne avait marqué un temps d'arrêt :

« Lui… c'est pas pareil. Sa femme, elle dit rien… et pourtant… qu'est-ce qu'y peut lui mettre ! Alors ? Va savoir pourquoi il la bat… Non… Moi, de femme, j'en ai jamais voulu et je me saoule quand ça me chante ! »

Édouard avait attendu, un long moment. Une sorte de gêne l'avait saisi, en dedans, qu'il ne savait pas, ou ne voulait pas analyser. Il avait fini par demander :

« Alors, comme ça, Daurel, y boit ? »

Étienne avait levé les sourcils, s'était penché vers Édouard. Il avait baissé la voix et avait soufflé une haleine de bière brune au nez d'Édouard :

« Merde ! On t'a pas dit ? Si y boit ? Gaston ? Ah, dis donc ! Moi aussi je bois, un peu… On boit tous un peu… pas vrai ? »

Édouard regardait sa chope à moitié vide. Étienne avait poursuivi sans se rendre compte qu'il parlait de Gaston tantôt au présent tantôt au passé :

« Lui… Ça le tenait… en plein… Tant pis hein ? Mais… il avait pas besoin de battre sa femme… ça non… Anna… Qu'est-ce qu'elle lui a fait hein ? Rien… C'est une brave femme, Anna… »

C'était aussi ce que pensait Édouard.

* *
*

Au fil des soirées qui se succédaient, Étienne s'était dévoilé un peu plus. Manifestement, il y avait entre Gaston et lui un contentieux dont il ne disait rien encore, se contentant de noircir son compère par le récit d'anecdotes ou de petits faits dans lesquels Gaston, jamais, n'avait le beau rôle.

XII

Lumineuse Anna

ÉDOUARD EST SORTI sur le pas de la porte. Il a senti Mathias dans son dos. Il a fait trois pas de plus et, arrivé dans la cour, il s'est retourné :

« Bon ! Salut Mathias ! À la prochaine !

– Mmm ! T'avais le temps hein ?

– Sûr ! Mais faut être raisonnable ! Eh ? Merci pour le cassis ! »

Mathias a souri en haussant les épaules :

« Tu sais ? Un de ces samedis... faudra que je te fasse un civet !

– Me tente pas ! je serais capable d'accepter ! Mais... encore faudrait-y que je sois toujours là... ?

– Oh ! T'as pas encore trouvé ! Alors... c'est dit ! En attendant... pour le cassis... passe plutôt remercier Anna ! »

Édouard a baissé le nez et n'a pas vu le sourire narquois sur le visage de Mathias. Il est convenu :

« J'vais y aller… cinq minutes… Je lui dirai où on en est. Malheureusement, ce sera vite fait. Allez ! À bientôt !

– Ouais ! À bientôt ! »

Il a traversé le pré. Il était à la fois furieux et content ; furieux de l'ironie légère qu'il avait cru déceler dans les propos de Mathias, et content de pouvoir s'arrêter à la maison du bas pour dire bonjour à Anna.

* *
*

C'est Anna qui avait pris l'initiative de leur première rencontre. Elle avait dû se faire violence mais était allée, en sortant de la laiterie, jusqu'à la porte du café de la Rose. Elle espérait y trouver celui qui, depuis peu, avait pris la relève pour les recherches. Marion l'avait devinée, attendant à la porte, et s'était précipitée. Après un bref conciliabule, la jeune fille était venue vers Édouard et l'avait informé, tout bas parce que deux habitués auraient bien voulu entendre ce qui se disait et tendaient le cou en regardant le plafond :

« Anna, enfin, la dame là-bas… elle veut vous voir mais… pas ici. Elle a dit qu'elle vous attendrait devant l'église. »

Édouard avait hésité un moment sur ce qu'il allait faire ; il était morose : il avait encore du mal à digérer ce qui c'était passé la veille, quand Grandier l'avait « engueulé » : le brigadier-chef refusait, sans vouloir l'argumenter, une autre hypothèse que celle d'un Gaston égaré ou blessé. Édouard avait levé les yeux de sur sa chope de bière et regardé vers la porte ; il n'y avait plus personne. Il avait hésité : les buveurs le regardaient par en dessous. Il s'était décidé en pensant :

« Je les emm… ! »

Il était allé devant l'église. Il n'y avait personne d'autre qu'une femme qui attendait, les mains croisées sur son ventre. De loin, elle présentait une silhouette plutôt jeune et élancée. Il s'était approché ; elle avait la tête couverte d'un fichu noué sous son menton : il faisait chaud cependant. Édouard s'était étonné ; elle ne correspondait pas du tout à l'idée qu'il s'était faite de la femme de Daurel. Il s'était approché :

« Bonjour madame. Je m'appelle Fauroux. C'est moi qui mène les recherches pour votre mari. Vous voulez me parler ? »

Anna l'avait regardé, timide et un peu interloquée. Elle avait demandé :

« Vous êtes gendarme ? »

Amusé, Édouard qui était en civil avait précisé :

« Oui, bien sûr ! Mais hein ?… l'uniforme, ça suffit quand on est en service ! Vous voulez savoir quelque chose ? »

Anna avait eu un sourire à peine marqué et Édouard s'était senti tout embarrassé : des cernes légers enfonçaient un peu les yeux noirs dans les orbites et un fin réseau de rides s'en allait en rayons vers les tempes lisses. Deux infimes sillons verticaux, de chaque côté de la bouche, n'arrivaient pas à masquer le sourire discret. Anna avait soupiré avant de demander :

« Si c'est possible, j'aimerais bien que vous me disiez où ça en est… Gaston… maintenant… je me fais beaucoup de souci vous savez ? »

Édouard avait baissé le nez. Il s'était senti désemparé tout à coup. Tout à l'heure, avant de venir jusqu'ici, il avait craint de rencontrer une femme qui allait quémander, peut-être même pleurer un peu ; c'était dans l'ordre des choses. Mais non, celle-ci restait digne même si les soucis, qu'elle avait évoqués discrètement, se lisaient à visage ouvert. Il avait tenté de répondre :

« Bien sûr, je comprends… C'est de ma faute… J'aurais dû aller vous voir tout de suite. Faut m'excuser… J'suis là depuis peu. J'ai pas eu le temps encore de bien chercher, enfin… j'devrais dire « nous ». Y a un autre gendarme qui me donne un coup de main. Peut-être vous le connaissez ? Costes, y s'appelle Costes.

– Oui, je le connais, enfin… y m'semble… Il est sérieux ?

– Ça… vous pouvez en être certaine. Y va faire tout ce qu'y peut… et moi aussi.

– Ah ! Ça me rassure ! Oui vraiment ! Merci ! Merci beaucoup ! »

Elle avait imploré, sa bouche tremblait un peu :

« Vous allez le retrouver n'est-ce pas ? Y peut pas être bien loin ?

– En tout cas on va tout faire pour… je vous le promets !

– Merci ! Merci monsieur Fauroux !

– À votre service madame ! »

Elle avait fait mine de partir et était revenue vers Édouard :

« Si c'est pas trop demander, vous pourrez me dire, de temps en temps, où ça en est ? Ça m'aidera… même si le brigadier-chef Grandier me tient au courant. Mais lui… il a peu de temps… avec ses responsabilités n'est-ce pas ?

– Vous pouvez compter sur moi !

– Merci encore ! Au revoir !

– Au revoir madame ! »

Il l'avait regardée partir. Il s'en voulait et se traitait de tous les noms. Alors qu'il aurait pu passer outre les consignes de Grandier, il s'en était tenu à la routine. Un con ! Voilà ce qu'il était, un vrai con ! Comme si ce n'était pas la première intéressée ! Au diable Grandier !

* *

*

Édouard a traversé le pré. Il s'est joué la comédie de celui qui allait directement à la voiture sans s'arrêter chez Anna. C'était une espèce de jeu qu'il s'était inventé, qu'il jugeait puéril, et dont il aurait eu honte de parler à qui que ce soit. Ça commençait par ce stationnement auquel il se contraignait, quelque deux cents mètres avant la maison. Le prétexte en était que Mathias n'aurait pas été content de voir une voiture dans sa cour ou à proximité.

Édouard aurait pu laisser l'Aronde dans le virage du tertre par exemple, la place n'y manquait pas. Mais non… Plus bas, c'était mieux ; ainsi il n'avait pas à soulever la poussière du chemin ce que, peut-être, Anna n'aurait pas aimé.

En agissant ainsi, il se donnait, pensait-il, le temps de réfléchir à ce qu'il dirait à Mathias, à ce qu'il lui demanderait, et à la manière dont il le lui demanderait. La manière comptait beaucoup. Il en fallait si peu pour bloquer le vieil homme, voire le fâcher. La montée du pré servait d'entrée en matière en quelque sorte, tant Édouard était sûr que, jamais ou presque, il n'entrait dans la cour en ayant surpris Mathias.

Pour l'arrivée, le prétexte ne manquait pas de valeur, mais Édouard était trop conscient du changement qui se produisait en lui pour ne pas voir la principale raison qui le faisait marcher ces trois à quatre cents mètres dont il aurait pu se passer : la plupart de ces visites avaient lieu après une journée de « crapahut » à la recherche de Gaston. Alors, quand il quittait Mathias, et qu'il était à redescendre le pré, qu'il faisait mine de peser le pour et le contre, était-il bien nécessaire d'aller toquer à la porte, d'écouter, les oreilles un peu bourdonnantes, d'entendre le pas d'Anna s'approcher, la poignée tourner, et de voir la porte s'ouvrir ? Non ! Et, quand elle apparaissait dans l'entrebâillement, qu'elle esquissait un sourire timide, et que ses yeux noirs s'arrondissaient de surprise inquiète et d'interrogations muettes, Édouard était sûr qu'il n'aurait pas dû venir. Mais il était encore bien plus sûr qu'il n'aurait pas pu passer devant la porte sans y frapper. Les choses étaient allées trop vite.

* *
*

Ce soir encore, il n'a pu résister à cette force qui le poussait devant la maison d'Anna. Il n'était pas dupe de ce prétexte qu'il invoquait pour tenter de se convaincre lui-même : faire le point sur les recherches. Arrivé au bas du pré, il s'est arrêté au-dessus du talus, derrière les frênes, sans se douter qu'il reproduisait là une attitude fréquente chez celui qu'il venait de quitter : Mathias.

Il se sentait indiscret mais n'a pu s'empêcher de regarder, durant quelques secondes, seul dans la complicité silencieuse des arbres. Le crépuscule s'installait et pourtant la lampe n'était pas allumée dans la maison. On ne pouvait distinguer, par la fenêtre close, qui était dans la cuisine, et si même il y avait quelqu'un. Édouard a hésité, redoutant qu'Anna soit absente mais avec le désir inavoué que Maximin, lui, soit parti voir Marion par exemple. Si le garçon était là, Édouard n'entrerait pas. Cela était arrivé déjà, une fois, et la frustration avait été grande parce qu'il était resté devant la porte, dehors, en prétextant le manque de temps. Jamais encore le garçon ne lui avait adressé la parole.

Édouard a descendu le talus et s'est arrêté devant la porte : il avait la bouche un peu sèche tout à coup. Il a toqué, discrètement, du majeur replié. Il a écouté, attentif, le cou un peu tendu en avant. La porte s'est ouverte. Anna était devant lui, dont le visage fermé s'est détendu et a souri. Édouard a dégluti :

« Bonsoir Anna ! J'dérange pas ?

– Oh non Édouard ! Entrez ! »

Presque tout de suite, ils avaient décidé, d'un commun accord, de se passer des cérémonieux « Madame » et « Monsieur ». Édouard a avancé de deux pas et son regard a fait le tour de la pièce :

« Maximin est pas là ? »

Anna a ri, légèrement :

« Oh lui ? Vous savez bien, hein ? Marion…

– Ah oui ! Marion, bien sûr ! Elle est bien cette petite. Tous les deux, on s'entend bien...

– Il paraît !

– Ah bon ?

– Oui, oui. Elle dit qu'au café, depuis que vous êtes là, c'est plus pareil ! »

Édouard s'est senti tout embarrassé. Anna a fermé la porte derrière lui et a allumé la lampe. Des yeux, il a suivi sa main qui allait à l'interrupteur et, pour la première fois, il a remarqué le poignet, un peu rouge. Anna l'a invité :

« Asseyez-vous ! »

Il a saisi une chaise, s'est assis, et elle aussi, en face de lui, de l'autre côté de la table. Elle a posé ses deux mains devant elle, à plat, dans une attitude d'attente, et les deux poignets étaient rouges. Édouard les regardait. Anna a dit, comme en s'excusant :

« C'est rien, vous savez... C'est à la laiterie... la présure... le petit-lait... tout ça.

– Oh ! Excusez-moi. Je suis indiscret... et maladroit...

– Non... non... Alors ? Vous avez du nouveau ? »

Ils se sont mis à parler de Gaston, plus exactement de l'absence de Gaston. Édouard a expliqué où, avec Costes, ils avaient cherché, en vain. Anna, les yeux fixés sur le visage d'Édouard, écoutait, attentive. Elle ne l'interrompait pas, ni ne l'interrogeait, mais ses traits marquaient une tension persistante qui le disputait à la frustration. Lui parlait lentement. Il se faisait l'effet d'une grande personne s'adressant à une enfant et tentant de lui expliquer quelque chose que cette dernière était incapable d'envisager ou de comprendre. Il brûlait de l'envie de lui dire que tout ça était devenu inutile, tous ces jours qui s'étaient écoulés pendant lesquels personne n'aurait pu résister, même un surhomme... et Gaston n'était pas un surhomme. Mais, pour une raison inexplicable, Anna semblait garder l'espoir ou, plutôt, donnait l'impression de vouloir, contre toute logique, garder l'espoir. C'était incompréhensible.

Enfin, Édouard s'est tu. Anna a baissé les yeux. Sa main droite s'est égarée dans une poche de son tablier. Elle est restée un long moment ainsi, comme si Édouard n'avait pas été là. Sa main se livrait à une besogne obscure, cachée dans la poche. Édouard, silencieux, regardait les paupières bleuies, les légers cernes, la peau lisse tendue sur les pommettes et les rides qui fuyaient vers les tempes. Voilà ! C'était comme à chaque fois. Il s'en voulait d'être venu, et d'avoir ainsi déclenché une nouvelle crise d'angoisse chez cette femme, cette Anna assise en face de lui dont il cherchait vainement comment il pourrait bien lui rendre le sourire avec lequel elle l'avait accueilli tout à l'heure. Il avait envie de lui prendre la main, le poignet rouge, de lui dire qu'il fallait comprendre, qu'il fallait accepter, que ce n'était pas raisonnable de continuer à espérer. Le plus difficile venait peut-être du fait qu'Anna ne pleurait pas.

Édouard a remué les pieds, sous la table, et heurté une chaise. Anna a sursauté. Sa main droite est sortie précipitamment de la poche et un chapelet est tombé par terre où il s'est rompu. Quelques grains ont roulé avec un bruit sec, léger et qui, pourtant, a brisé le silence qui s'était installé. Anna, telle une enfant prise en faute, a mis sa main devant sa bouche :

« Oh ! Ce que je suis maladroite...

– Non... C'est ma faute. Excusez-moi ! »

Il a repoussé sa chaise et s'est baissé pour chercher les grains, par terre. Anna s'est baissée à son tour et ils se sont retrouvés à genoux, l'un en face de l'autre. Ils ont ri, un rire nerveux qui les a laissés interdits. Anna a dit :

« Laissez... Je regarderai tout à l'heure ! »

Édouard s'est relevé. Il ne savait plus quelle attitude adopter. Anna aussi s'est mise debout. Ils n'osaient se regarder. Il a bafouillé :

« Bon... Faut que je me sauve ! »

Elle ne l'a pas désavoué. Il est allé vers la porte :

« Au revoir Anna !

– Au revoir Édouard. Merci d'être passé. »

Il a saisi le bouton de la porte quand une illumination l'a saisi, une chose à laquelle il avait pensé dans la journée. Il est revenu en arrière :

« Oh ! Anna ! À propos ! Je voulais vous demander… Faudrait regarder… votre mari… quand il est parti… p't'être qu'il a emporté quelque chose. Ça pourrait nous être utile pour les recherches de savoir ça.

– ?

– J'sais pas moi… quelque chose dont il aurait pu penser avoir besoin… quelque chose qui aurait pu lui servir. S'il vous plaît, regardez bien. Vous me direz, si y manque rien… On sait jamais, hein ?

– Bon… Je vais le faire. Je vous promets de regarder. Au revoir Édouard, et… merci… merci pour ce que vous faites !

– Ah ! C'est bien peu de chose ! »

Il a commencé de descendre le chemin. Il n'osait pas se retourner. Il imaginait Anna sur le pas de la porte, dont le regard devait le suivre. Ses épaules se sont crispées. Son pied a buté dans une pierre et il a trébuché :

« Oh merde ! »

Il s'est retourné, la porte était fermée. Déçu, il s'est dit qu'il faudrait demander à Anna pourquoi elle s'accrochait à l'idée que Gaston vivait encore, pourquoi elle refusait de croire qu'il ne reviendrait pas, jamais, que c'était impossible et… qu'il faudrait commencer à penser à autre chose…

XIII

Maximin

Il arrivait que la mauvaise foi poussât Édouard à bout. Il tenait pour acquit que tout ça était de la faute de Grandier. Le brigadier-chef s'accrochait à la thèse d'un Gaston disparu ou égaré quelque part, et blessé. Pourtant, à cette heure, ce que personne ne disait ouvertement mais que tout le monde pensait, c'est que le bougre devait être mort. Plus le temps passait, plus Édouard et Costes cherchaient, et plus Édouard se persuadait que l'autre n'était pas perdu : on l'avait tué et fait disparaître. Costes même commençait à laisser entendre qu'il ne croyait plus à un Gaston en difficulté mais il était trop jeune et encore trop discipliné pour aller à l'encontre de ce que soutenait son chef. Cependant, il ne savait pas toujours masquer son impatience et retenir des réflexions donnant à penser que Grandier faisait fausse route mais n'aurait pour rien au monde accepté de l'admettre. Il en allait de sa sagacité et donc de son autorité : il ne pouvait avoir tort puisqu'il était le chef !

* *
*

Édouard, maintenant, était convaincu que jamais on ne retrouverait Gaston, en tout cas pas avec la méthode employée. Et, pour en changer, il fallait d'abord accepter l'idée que « le diable », comme l'appelait quelquefois Mathias, était mort et que quelqu'un s'était « occupé de lui »... Édouard avait refusé quelque temps l'idée de mener l'enquête tout seul, et en douce. D'abord, qu'est-ce qu'il en avait à faire de ce Gaston qu'il ne connaissait pas et dont le portrait qu'on lui brossait était pour le moins déplaisant : un type antipathique, brutal et... buveur... Édouard hésitait à inverser l'ordre, et donc l'importance, de ces traits de caractère, et cette hésitation lui causait un malaise dont il n'arrivait pas à se défaire. Qu'est-ce qui était le plus important ? Buveur ? Antipathique ? Brutal ? Le tout ensemble peut-être... indissociable...

Quand il traversait une période de doute, Édouard se reprochait son indifférence. Enfin quoi ? N'était-il pas gendarme ? Il ricanait. Tu parles d'un gendarme ! D'autant que dans quelques semaines ce serait la quille, définitive cette fois. De plus, pour mener l'enquête il ne fallait pas compter sur Costes et, surtout, c'était aller contre Grandier. Celui-ci avait dit sa façon de voir et il était aisé de comprendre que le brigadier-chef n'aurait pas hésité à renvoyer chez son collègue Buisson l'empêcheur de chercher en rond qui se serait mêlé de ce qui ne le regardait pas. Dans les tout premiers jours, Édouard se serait réjoui d'une telle issue mais, maintenant, il y avait Anna.

Quand il y réfléchissait le soir, en sirotant sa bière (parce qu'il en était à une seule chope maintenant, ce dont il se moquait lui-même et ce qui surprenait beaucoup la Rose), il se faisait un tas de reproches et se promettait de laisser tomber tout ça. Il irait voir Grandier, s'arrangerait pour déclencher une bonne dispute, ce qui ne serait pas trop difficile, et l'autre le renverrait à Saint-Bonnet. Il se ferait passer un bon savon par Buisson et basta ! En octobre, tout ça serait fini. Le lendemain, il reprenait le processus qu'il avait élaboré et cherchait, cherchait qui avait bien pu tuer Gaston.

* *
*

À chaque fois, c'était le même dilemme. Il avait beau se répéter que n'importe quel gendarme aurait agi de même, il lui fallait s'imposer un gros effort pour se rappeler qu'il avait fait le tour de ceux qui auraient eu une bonne raison de faire disparaître Gaston, à commencer par Anna. Il tentait de se consoler en se cachant derrière un tas de bonnes raisons qui étaient censées conforter ses recherches. Il s'efforçait de ne pas agir en enquêteur. Il nouait des conversations, dans la rue ou ailleurs, et toujours quand il était en civil. Il s'appliquait à ce qu'il n'y ait rien d'officiel qui puisse remonter jusqu'à Grandier. Il avait discuté avec le maire. Lui ne voyait qu'une chose : son ancien camarade de maquis, le cantonnier du village, le mettait en difficulté avec ses opposants à la mairie. Quand Édouard lui avait laissé entendre que Gaston était, disait-on, un peu porté sur la bouteille, le maire avait minimisé :

« Un canon de temps en temps… Bien sûr, il avait le vin mauvais, mais hein ? C'est pas le seul… »

Il y avait cette femme par contre, ronde, forte, et pas commode, une amie d'Anna. Elle ne s'était pas cachée derrière des faux-semblants et s'était insurgée de ce que Gaston battait sa femme, qu'il n'y allait pas de main morte, et que ça se savait. Mais tous faisaient semblant de ne pas y attacher d'importance. C'était la seule, avec Marchand cependant, qui avait osé parlé de ces rossées alors que les autres se contentaient de sourires entendus, quand ils ne niaient pas la réalité en laissant entendre que tout ça n'était pas bien grave ; d'ailleurs, « … ces choses-là, on n'en parle pas et ce qui se passe chez Pierre ne regarde pas Paul… ». Édouard, déjà, avait entendu ce refrain derrière lequel se cachait la misère des femmes battues, refrain que, jusqu'alors, il acceptait, comme beaucoup. Aujourd'hui, il se sentait mal à l'aise.

* *
*

Ainsi, assez rapidement, il en était venu à soupçonner Anna. Quand il y réfléchissait, il ne manquait pas de s'étonner, pour s'en gausser, de sa propension à penser à certains protagonistes de cette histoire en utilisant leur prénom. C'était vrai pour Mathias, ou pour la Rose, pour Anna surtout. Ce travers lui apparaissait comme une preuve supplémentaire de ce qu'il n'avait jamais été un vrai gendarme. D'ailleurs, un vrai gendarme pouvait-il exister ? Grandier peut-être…

Quand il en revenait à Anna, il était évident qu'elle ne manquait pas de solides motifs pour se débarrasser de son ivrogne de mari. Édouard avait raisonné comme on ne peut que le faire dans de semblables situations. Et, aujourd'hui, il s'en voulait, oh ! comme il s'en voulait. Les raisons objectives de ses soupçons n'avaient aucun fondement : Anna était absente le dimanche matin de la disparition, et toute la journée même. Il en avait eu confirmation par cette Louise, l'amie, la confidente, et la mère poule d'Anna plus jeune qu'elle d'une dizaine d'années.

En voilà une qui aurait pu « s'occuper » de Gaston si l'occasion lui en avait été fournie ! Elle, au moins, ne mâchait pas ses mots pour dire tout le mal qu'elle pensait du mari d'Anna. Il n'avait pas été besoin de la forcer pour en savoir plus sur les « exploits » de Gaston. Elle travaillait avec Anna, à la laiterie dont elle était propriétaire. Anna et elle se connaissaient depuis longtemps. C'est elle qui avait aidé à l'accouchement lors de la naissance de Maximin, et le souvenir lui en était resté. Comme Édouard s'étonnait, elle avait expliqué :

« Ici, on n'a pas toujours le temps quand ça arrive. Gap, c'est loin. Alors, faut bien que quelqu'un le fasse. J'tiens ça de ma mère. Et, vous savez, j'peux faire pour les brebis aussi. Les bêtes, c'est comme nous les femmes : c'est elles qui portent et qui souffrent pour mettre les petits au monde. C'est bien normal qu'on les aide ! »

Mathias était venu la chercher. Quand elle était arrivée, Anna geignait sur son lit, les jambes écartées et la tête du bébé qui apparaissait. Gaston était là, penché sur elle. Louise l'avait écarté. Il s'était regimbé :

« J'ai beau lui dire de pousser, y a rien à faire… »

Il puait le vin et on n'avait jamais su ce qu'il avait pu entreprendre.

* *
*

Mais ça ne pouvait être Louise ; elle aussi était à La Salette le jour qui avait vu la disparition de Gaston. « … Ces bonnes femmes, toutes les mêmes… Elles peuvent pas se passer de leur chapelet et de leurs pèlerinages ! … » : Édouard ne se doutait pas qu'il reprenait là un refrain bien connu de Gaston.

Si ça n'était pas Anna, ni Louise, ç'aurait pu être le fils, ce Maximin qu'Édouard rencontrait quelquefois. Il n'en aurait pas juré mais il avait l'impression que le garçon l'évitait. Quand il venait à la porte de la Rose par exemple, pour attendre Marion, Édouard avait cherché son regard, en vain. Le dimanche de la disparition, Maximin était, paraît-il, en montagne. Mais voilà, personne n'aurait pu témoigner que c'était vrai. Est-ce qu'on sait de quoi peut être capable un garçon pour défendre sa mère ?

Pour s'en faire une idée plus nette, Édouard avait un jour simulé une panne. Il s'était rendu au garage dans lequel Maximin travaillait. Le patron l'avait reçu. Il était penché sous le capot d'un tracteur. Édouard avait émis un « Hum ! » et l'homme avait émergé du moteur, comme un diable, les cheveux en bataille que poissait le cambouis, et un mégot éteint au coin de la bouche :

« Qu'est-ce que c'est ?

– C'est mon auto… une Aronde… j'sais pas… la carburation p't'être… ?

– Ah ! ... Où qu'elle est ? Vous l'avez pas amenée ?
– Ben non... sinon...
– Ouais... mais... j'ai pas le temps moi... »

Il avait montré d'un geste circulaire le garage où plusieurs tracteurs attendaient, une faneuse aussi qui dardait ses fourches un peu menaçantes et, montée sur cric, une voiture sous laquelle quelqu'un travaillait dont on ne voyait que les pieds qui dépassaient. Le regard de l'homme était revenu sur Édouard et s'était allumé :

« C'est pas vous qui... Z'êtes là pour l'Gaston non ?
– Oui. Tout juste. »

Sans y toucher avec les doigts, le garagiste avait changé son mégot de place, d'un coin de la bouche à l'autre. Il avait appelé :

« Maximin ! Viens voir ! »

Les deux pieds qui dépassaient sous la voiture avaient bougé, un traîneau bas sur roulettes était apparu qui portait Maximin couché sur le dos. Malgré le bonnet enserrant ses cheveux et des traînées de cambouis sur son visage, Édouard l'avait reconnu tout de suite. C'était bien l'amoureux de Marion, et surtout le fils de sa mère, avec les yeux noirs d'Anna dans le visage un peu fiévreux. Le garçon s'était mis debout. Édouard s'était demandé d'où pouvait lui venir ce port de tête si particulier qui donnait à penser que le garçon était affecté d'une légère malformation du cou.

Le garagiste avait ordonné :

« Faudrait aller voir l'auto du gendarme. C'est lui qui cherche ton père. Elle est où au juste cette auto ?

– Là-bas, sur la place... »

Maximin fixait Édouard, sans rien dire. Son visage était resté fermé, presque hostile. Le garagiste les avait regardés, tour à tour, cherchant à comprendre. Il s'était impatienté :

« Bon, alors... Tu te décides ? »

Le garçon avait saisi une boîte à outils sur un établi et était parti. Il s'était retourné, une seule fois, et il regardait Édouard.

Son absence avait duré une dizaine de minutes qu'Édouard avait mises à profit pour discuter. Le garagiste n'était pas très bavard mais on le sentait prêt aux éloges pour son ouvrier :

« C'est qu'un jeune mais drôlement doué, c'est sûr ! Et pas fainéant ! Il a tout appris sur le tas et... maintenant, c'est lui qui m'en remontre ! La mécanique et lui, c'est pareil ! »

Pendant qu'il parlait, il était retourné vers le tracteur qui l'occupait tout à l'heure et s'était plongé dans le moteur. Sa voix, déformée, arrivait aux oreilles du gendarme :

« Et... à propos... l'Gaston, le père du gamin ? Toujours rien ?

– Ben, non. Et pourtant, c'est pas faute de chercher !

– Ouais… C'est ce qu'on raconte. Mais hein ? Z'avez vu le pays ! Autant chercher une aiguille dans une botte de foin !

– Bon… On finira bien par le trouver… Et… le garçon… qu'est-ce qu'il en dit ? »

Le garagiste s'était arrêté de tripoter des pièces invisibles. Il s'était redressé à moitié et son buste s'était tourné vers Édouard :

« Maximin ?… Ben… ben… C'est triste à dire mais… son père… il l'aime pas de trop… ça non… et, ma foi… l'Gaston… y fait rien pour… au contraire ! »

Il s'était replongé dans sa mécanique et sa voix avait baissé d'un ton :

« Enfin… déjà… il le cogne pas, son garçon… Ça suffit bien assez que… »

Maximin était revenu. Dans son regard qui s'était fixé sur Édouard se lisait une hostilité mêlée d'indécision. Le garagiste avait questionné :

« Alors ? T'as trouvé ? »

Maximin avait fait oui de la tête et, sans un mot, avait remis la caisse à outils sur l'établi. Il s'était couché sur le traîneau métallique et, dans un bruit de roulettes, avait disparu sous la voiture qui l'occupait quand Édouard était arrivé. Avec un clin d'œil complice à Édouard, le garagiste avait murmuré :

« Hein ? Qu'est-ce que je vous avais dit ! La mécanique et lui… »

Édouard avait sorti son portefeuille et le garagiste s'était défendu en levant la main :

« Cherchez rien ! Pour cinq minutes hein ! Pis, j'vous souhaite bien du courage ! »

Édouard avait remercié et avait lancé :

« Merci Maximin ! »

Il n'y avait pas eu de réponse.

XIV

Négociation

ÉDOUARD S'EST RETENU pour ne pas faire la grimace : Mathias venait de poser sur la table l'inévitable pot de grès qu'il avait rempli d'eau fraîche. Il a ouvert une des portes du bas du petit buffet en Formica d'un bleu soutenu qui, avec la table de même matière, un frigidaire pansu et un poêle à trois trous constituaient l'ameublement de la pièce. On pouvait y ajouter quatre chaises, en Formica elles aussi, et une petite console sur laquelle était installé un réchaud à gaz dont la bouteille était dissimulée derrière un rideau en plastique de couleur indéfinie pendant en jupe plissée sous la console. Édouard a pensé à tous les meubles anciens, en bois massif, qui avaient disparu des fermes et des maisons de la campagne pour émigrer et enjoliver les intérieurs de « ceux d'en ville ». Le Formica en avait profité, et les « antiquaires » et autres brocanteurs surtout…

Tout, dans la pièce, était d'une propreté méticuleuse. Pendant que Mathias remuait des bouteilles pour trouver celle qu'il cherchait, Édouard a laissé son regard errer tout autour de lui. Les seules notes de chaleur venaient de la veste de velours pendue à une patère contre la porte d'entrée, d'un vieux réveil qui boitait sur une étagère au-dessus du poêle et d'un crucifix de plâtre cloué au mur. Pendant ce temps, Mathias avait disposé sur la table deux verres à sirop décorés de fleurs qui ne devaient exister nulle part dans la nature. Il a constaté :

« Dis donc, y z'ont jamais tant servi… enfin… depuis Suzanne… »

Il s'est tu, les yeux dans le vague, s'est gratté la barbe de la main gauche avant de se masser la tempe. Édouard le regardait ; Mathias a dit, comme s'il s'excusait :

« Suzanne… elle les avait achetés à Gap… une des rares fois qu'on y est allés ensemble… »

Édouard n'a pas fait de commentaire. Mathias a saisi la bouteille qu'il avait pêchée dans le buffet et l'a montrée à Édouard :

« Je te l'ai dit déjà… c'est tout ce que j'ai… du cassis… Sinon, d'habitude je bois de l'eau…

– Oh ! mais… ça ira bien comme ça… »

Pendant que Mathias versait précautionneusement un peu de cassis dans les verres, les yeux d'Édouard ont fait, à nouveau, machinalement, le tour de la pièce : la veste, le réveil, le buffet, le crucifix… le crucifix… ? Il n'a pu s'empêcher de s'étonner :

« Mathias… dis… ton crucifix là… ça fait plusieurs fois que je me demande… »

Mathias a refermé la bouteille, et regardé le crucifix :

« Lui ? Ben, c'est qu'un crucifix hein… ?

– Ouais, mais, j'sais pas… y me semble bizarre !

– Ah bon ? Moi, j'trouve pas ! Pis, qu'est-ce que ça peut faire hein ? J'suis sûr qu't'y crois pas plus que moi ! »

Il a saisi le pot à eau et demandé :

« Pour l'eau, tu m'arrêtes hein ? »

Il a commencé à verser et l'eau faisait un bruit creux dans le verre. Édouard a levé la main :

« Ça va comme ça, merci ! »

– L'cassis, c'est Anna qui le fait. J'te l'ai dit déjà non ? Et il est bon ! »

Ils ont bu, deux ou trois gorgées. C'était sucré, doucereux, Édouard n'a pas fait la grimace. Intérieurement, il avait envie de rire mais, sans méchanceté. Il a commenté :

« C'est vrai qu'il est bon… j'avais oublié… depuis le temps. Du cassis, on buvait ça quand j'étais gamin… »

Le silence a plané quelques secondes. Édouard, à nouveau, regardait le crucifix :

« Dis donc, Mathias, ton crucifix, pourquoi qu'y regarde le mur ? »

Mathias a eu un rire bref, sans joie :

« Il est comme ça depuis que Suzanne est plus là.

– Ah ?

– Ouais… pour lui apprendre… Il a pas su empêcher…

– Ah… Mais… si t'y crois pas… pourquoi qu'tu l'enlèves pas ? »

Mathias a cligné des yeux avant de regarder le crucifix, contre le mur. Ses mâchoires s'étaient durcies :

« Moi, j'y crois p't'être pas mais… Suzanne, elle… elle y croyait ! Alors, si je l'enlève, qu'est-ce qu'elle va dire ? »

Édouard a bu une ou deux gorgées. Il n'en revenait pas de réussir à boire du sirop de cassis dans de l'eau fraîche. Il n'aurait su dire s'il trouvait ça bon ou non. En tout cas, c'était désaltérant, autant que la bière brune, il devait en convenir… Pendant que Mathias et lui se taisaient, il réfléchissait. Rien n'allait comme prévu et, cependant, il n'arrivait pas à être fâché de la façon dont les choses se passaient. Il était là, à boire du cassis avec Mathias ce qui, il y avait peu, aurait paru impensable. Lui, le gendarme, chez Paulin qui l'avait proprement envoyé paître la première fois où ils s'étaient rencontrés, lui était assis dans cette cuisine, et l'autre en face qui offrait le cassis : c'était à n'y pas croire !

* *
*

Quand ils étaient revenus, Costes et lui, le lendemain de l'algarade qui avait vu Paulin planté au milieu du chemin, ils avaient trouvé un Mathias qui, à défaut d'être avenant, paraissait avoir accepté l'idée de leur donner un coup de main. Les deux gendarmes en étaient restés sans voix. Enfin, Édouard avait déplié la carte de Grandier sur le capot de l'Aronde arrêtée plusieurs dizaines de mètres avant la cour de Paulin. Il avait expliqué à quoi correspondait le quadrillage. Mathias avait regardé, d'abord négligemment, puis plus attentivement. Il s'était étonné :

« Merde alors ! J'aurais pas cru ! Tout y est ou presque hein ? Ceux qui font ça... y sont forts ! »

De l'index, dont l'ongle était cassé, il avait indiqué un point précis sur la carte :

« C'est la maison d'Anna ça ? Et... la mienne aussi ?

– Absolument ! T'as l'œil dis donc !

– Et... et... »

Sautant allégrement les courbes de niveau, son doigt suivait des itinéraires imaginaires, mais que lui devait connaître :

« ... Par là... ça pourrait être où y font la route non ? »

Il lisait des toponymes à mi-voix et commentait pour lui-même :

« Ouais… ouais… c'est ça… le Pré Rond… le Petit Laus… la Combette… et le plateau d'Aurouze… Pfffuiiiit ! Ça m'en bouche un coin ! »

Son index était resté posé, bien appuyé sur la carte et, presque négligemment, il s'était enquis :

« Vous avez cherché par là déjà ? »

Édouard s'était penché pour regarder :

« Non… On va s'y mettre dès aujourd'hui ! »

Mathias avait semblé réfléchir un moment ; on le sentait circonspect, comme quelqu'un qui ne veut pas s'engager à la légère. Il se grattait la barbe et brusquement il avait annoncé :

« Voilà… J'veux bien donner un coup d'main mais hein ? Pas question que je fasse toutes ces trottes. J'vais avec vous, de temps en temps, et à chaque endroit qui est marqué entouré sur la carte, je vous explique… en gros… Pis, j'm'assois et je vous attends ! »

Costes n'avait pas semblé convaincu ; il avait consulté Édouard du regard et celui-ci avait tranché :

« Tope-là ! Tu nous renseignes sur ce qu'y a de particulier et nous on cherche ! »

* *
*

Et, ainsi, Mathias les avait accompagnés, avait expliqué ce qui attendait les chercheurs pour la journée qui s'annonçait puis s'était assis. Et c'est ce qui avait intrigué Édouard, ce bonhomme assis, ce Mathias dont chacun savait qu'il avait la tête près du bonnet, et qui faisait montre, en cette occurrence, d'une patience dont on ne l'aurait pas supposé capable. Édouard l'avait observé en douce et était arrivé à la conclusion que Mathias n'était pas là pour aider. C'était certes ce qu'il faisait, mais il avait dans l'œil la lueur de celui qui surveille et épie. Vers la fin de la matinée, Édouard l'avait invité gentiment à rentrer chez lui :

« Tu sais, avec ce que tu nous as dit, ça ira bien pour la journée. Tu vas t'ennuyer… on verra demain pour la suite.

– Ah ! mais, je m'ennuie pas du tout. Je regarde les engins qui sont plus bas. Sûr qu'y z'en font du boulot ! À cette allure, y seront vite en haut. Bientôt, on reconnaîtra plus rien… »

C'était une constatation sans regret apparent.

Édouard et Costes aussi regardaient les engins. Il y avait là deux bulldozers, énormes scarabées jaunes qui s'activaient dans la pente, s'obstinant à défoncer le sol, éventrant la montagne dans un tintamarre de ferraille et de moteurs, ahanant en expirant des volutes de fumée noire et malodorante, poussant devant eux des amalgames de terre et de rochers qui croulaient avec un bruit de tonnerre et s'immobilisaient plus bas après avoir enterré des arbustes et des massifs d'épilobes. Édouard s'étonnait que Mathias se satisfasse de ce spectacle : il aurait plutôt vu le bonhomme pester contre ce qu'il devait considérer comme un viol mécanique.

D'ailleurs, après trois ou quatre jours, Mathias n'était plus venu. Le secteur des recherches s'était déplacé. Depuis, quand Édouard l'informait du nouveau secteur où Costes et lui allaient poursuivre les recherches, le bonhomme se contentait de regarder la carte et de donner des informations qui, toujours, s'avéraient précieuses sur les obstacles ou les particularités du terrain à fouiller, mais il n'accompagnait plus les gendarmes. Son intérêt avait paru s'éteindre aussi vite qu'il s'était allumé, ce qui n'avait pas manqué d'étonner Édouard.

* *
*

Cependant, quelque chose avait changé dans les relations entre les deux hommes. Maintenant, ils se voyaient, presque chaque soir, quand la chaleur était tombée et que Costes était parti. Édouard, en civil, laissait l'auto bien avant d'arriver devant la maison d'Anna et continuait, à pied. Il traversait le pré qui s'étendait devant chez Mathias. Non seulement celui-ci ne s'étonnait pas de voir débarquer le gendarme, mais il donnait même l'impression de souhaiter ces visites. Édouard entrait, s'attablait, et Mathias allait vers le buffet d'où il tirait la bouteille de cassis et les verres à fleurs.

La conversation ne languissait pas ; elle s'étirait indolemment entre eux qui n'étaient pressés ni l'un ni l'autre. D'abord, ils parlaient du temps qui, mis à part un gros orage qui avait failli les surprendre Costes et lui, restait beau et chaud et Édouard constatait qu'il supportait de mieux en mieux la fatigue des marches et contre-marches qu'imposait la situation. Comme Mathias s'en était étonné, le gendarme avait accepté de s'ouvrir un peu sur ce qu'il avait fait en Algérie, à « crapahuter » dans le djebel. Le mot avait fait rire Mathias, ce qui était rare ; par contre, il avait eu du mal à accepter que, là-bas, on trouvait un pays qui, par bien des côtés, ressemblait au sien, beau certes sous un soleil de plomb installé dans le ciel d'un bleu cru, mais âpre et tourmenté de jaillissements de pierres comme il y en avait ici.

Immanquablement, ils évoquaient Gaston, à mots couverts. D'abord, Mathias se retranchait derrière des interjections courroucées, des « peuh ! », des « pffff ! », des « foutu démon ! », renforcés de vigoureux coups de talon qui enfonçaient quelque chose dans le sol. Et quand Édouard constatait : « T'as pas l'air de l'aimer beaucoup Gaston… » le bonhomme assénait un définitif : « J'en connais pas beaucoup des qui l'aiment ! Gaston c'est un diable ! »

Édouard n'insistait pas et racontait où ils avaient cherché, lui et son jeune collègue. Mathias attentif, écoutait. De temps à autre, un ricanement bref semblait lui échapper :

« Ah ben ! J'crois pas que vous le trouverez par là le Gaston ! »

Édouard constatait :

« Toi, t'y crois pas hein qu'on va le retrouver ? »

– Ben, c'est vous que ça regarde non ? »

Alors ils parlaient d'Anna.

* *
*

C'était un sujet de conversation qui plaisait bien à Mathias. Au début, il n'en avait pas dit grand-chose. Sans doute pensait-il de l'intérêt qu'Édouard portait à Anna qu'il était uniquement professionnel en quelque sorte. Après tout, ç'aurait été normal de la part d'un gendarme. Puis le bonhomme avait dû sentir autre chose et, peu à peu, il en avait dit davantage. Il parlait d'avant, quand Suzanne et Mathilde étaient encore là. Dans les intonations et les mots employés, Édouard avait cru percevoir chez lui une espèce de regret, voire un remords, de n'avoir pas fait ce qu'il aurait fallu pour éviter on ne savait quoi… Suzanne… et Mathilde… sa fille qui avait l'âge d'Anna. Elles étaient amies. Elles descendaient à l'école ensemble, en remontaient ensemble, allaient ensemble à la messe :

« … on voyait pas l'une sans l'autre ! »

Mathias avait fini par révéler comment elles étaient mortes, toutes les deux, dans un accident : une auto qui les avait fauchées, « une saloperie d'auto du diable ! », alors qu'elles allaient à pied à Mère Église[1]. Mathias n'avait pas su les convaincre de faire plus attention, et il s'en voulait, se sentant responsable :

« … c'était bien la peine d'aller là-bas à pied, faire des prières… pour ce que ça a servi… »

Et, depuis, il en avait toujours après « les autos » ; on comprenait sans peine que ces termes, peu flatteurs dans sa bouche, englobaient les conducteurs et leurs engins qui, pour lui, constituaient des entités maléfiques, les uns se cachant dans les autres. Édouard encaissait sans réagir.

À présent, Mathias était seul. Heureusement, il lui restait Anna, et Maximin. Et il n'était pas difficile de comprendre qu'on n'avait pas intérêt à y toucher. Il avait rejeté sur eux ce qu'il ne pouvait plus offrir à Suzanne et à Mathilde. Il ne le disait pas mais il ne fallait pas être grand clerc pour le comprendre à travers les paroles, plutôt rares, et surtout les silences. Mais voilà, il y avait Gaston.

1. La Mère Église : chapelle romane construite au XIe par les moines de Cluny au pied de la montagne de Gicons. Chapelle sobre et belle à la flèche pyramidale de pierre et qui a conservé son chevet de chaume.

* *
*

Pour des raisons qu'il ne parvenait pas à s'expliquer, Édouard se refusait à envisager sérieusement que Mathias ait pu occire le mari d'Anna. À chaque fois que cette hypothèse revenait à son esprit, un curieux processus le conduisait à chercher et entasser les raisons qui disculpaient le bonhomme. Il se le reprochait à mi-voix, tout haut, retrouvant là encore cette impossibilité qu'il y avait chez lui d'agir comme un vrai gendarme. Il était venu au métier trop tard, et son tout proche passé de militaire ne l'avait pas disposé, pensait-il, à l'objectivité et au raisonnement froid qui devaient être l'apanage d'un bon enquêteur.

Mathias lui plaisait. D'abord, il y avait cet attachement à Anna et à Maximin, ce reversement sur eux de l'affection que le bonhomme ne pouvait plus prodiguer à sa femme et à sa fille. Plaisait aussi cette indépendance que Mathias affichait ostensiblement, à la limite de la misanthropie. Il ne cachait rien de ses préférences, ni de ses aversions. Il vivait dans son coin, ne se plaignait jamais, tenait sa maison au moins aussi bien que si une femme avait été là. Un point encore fascinait Édouard qui, de façon délibérée, ne s'était attaché à aucun des lieux, nombreux, dans lesquels sa vie quelque peu désordonnée l'avait entraîné : aujourd'hui ici, demain ailleurs, tout ça n'avait pas d'importance. Il n'avait pas de « chez moi » et n'en avait jamais senti la nécessité. À Grenoble même, sa ville natale, qui l'attendait pour sa retraite toute proche, il hésitait encore entre une pension qu'on peut quitter impromptu et une location de meublé qui resterait impersonnel. Mathias vivait à l'opposé de cette conception et paraissait s'en trouver bien. Viscéralement, on le sentait lié à son Dévoluy et peu décidé à le partager. Son accueil du premier jour en témoignait ; Édouard entendait encore le : « c'est privé ici ! » lancé méchamment. Depuis, Mathias s'était amendé mais n'avait jamais expliqué son comportement : quand il était désagréable, il avait ses bonnes raisons et aujourd'hui il en avait d'autres tout aussi bonnes pour se montrer amical.

Pourtant Mathias intriguait. Déjà, ne mentait-il pas quand il prétendait n'avoir rien vu le jour de la disparition ? Peut-être disait-il la vérité même si sa maison offrait un point d'observation idéal sur celle d'Anna. Bien sûr, il ne manquait pas d'afficher son désintérêt pour « les autres » dont les affaires ne le regardaient pas, mais Édouard savait bien maintenant qu'Anna et Maximin ne pouvaient être classés dans « les autres ».

Et il y avait encore l'aide temporaire qu'avait apportée le bonhomme dans les recherches : présent sans l'être, regardant, voire épiant, sans chercher, très vite désintéressé de la chose. Était-il soucieux surtout que Gaston ne soit pas retrouvé et qu'ainsi le garçon et sa mère puissent être débarrassés de leur tourmenteur ? Édouard penchait pour cette hypothèse. L'autre, celle qui aurait consisté à prêter à Mathias l'envie de hâter cette délivrance en faisant disparaître Gaston, Édouard la rejetait et se refusait à lui-même d'en discuter. Ah oui ! il n'était décidément pas un vrai gendarme !

XV

Opposition impossible

ÉDOUARD S'EFFORÇAIT DE CONDUIRE calmement ; de temps à autre, sa main droite tapait de la paume sur le volant. Il était en colère, contre Grandier, contre tout le monde, contre lui-même. Tout à l'heure, il avait fait son rapport. C'était le neuvième, ou le dixième, ou plus…, il ne savait pas, il n'avait pas compté. C'était devenu une espèce de routine à laquelle Grandier même ne prêtait plus guère attention. Ayant perdu son agressivité des premiers jours, il s'était étonné de savoir que Mathias Paulin avait accepté de collaborer. On devinait les rapports favorables de Costes derrière les remarques de son chef dont le ton laissait à penser qu'il regardait maintenant Édouard avec une certaine considération. Mais voilà, il avait annoncé que, bientôt, il n'y aurait plus besoin de rapport : on allait arrêter les recherches, dans une semaine probablement. Et cette nouvelle qui, au début, aurait réjoui Édouard, aujourd'hui le mettait en colère.

Il a fait les quatre à cinq kilomètres qui séparaient la gendarmerie du village et, tout ce temps, il n'a pas jeté un seul coup d'œil autour de lui, incapable qu'il était d'apprécier l'été qui éclatait, de toutes parts. Il fixait la route devant la voiture et il n'a vu qu'au dernier moment les vaches qui occupaient toute la chaussée. Il a éructé un : « Connerie ! » sonore et il a freiné très fort. Les roues se sont bloquées, la voiture est partie en crabe avant de s'arrêter, le capot au-dessus du fossé. Édouard est descendu, la bouche ouverte prête à « engueuler » la femme qui conduisait le troupeau. Elle s'est retournée et s'est approchée, le bâton à la main, un peu menaçant. Arrivée à deux mètres, elle s'est arrêtée, la surprise inscrite dans les yeux écarquillés :

« Ah ? C'est vous ? »

Elle semblait le connaître, comme tout le monde au village maintenant, et lui s'interrogeait devant son visage creusé de rides, tanné par le soleil, et dont les traits lui rappelaient quelque chose, ou quelqu'un. Il a senti la pression de la colère tomber d'un seul coup. Il a commenté d'une voix qu'il s'efforçait de rendre amène :

« Vous m'avez surpris. S'cusez-moi mais… vous savez… les vaches au milieu de la route… c'est plus bien prudent hein ?

– Et… par où que je passe moi si c'est pas par la route ?

– Ouais… bien sûr… j'comprends. Pourtant, faudra bien trouver une solution quand y aura la station. À ce moment-là, des voitures, c'est pas ça qui va manquer !

– Ah oui ! La station ! Parlons-en ! On avait bien besoin de ça ! »

Elle a tourné les talons et s'est efforcée de rejoindre son troupeau qui avait continué, paisiblement, mamelles ballottant, égrenant sur la route des chapelets de bouses éclatées. Édouard est remonté dans l'auto et il s'est mis à penser aux changements d'habitude et aux bouleversements que la station de ski allait apporter à tous, à ceux qui étaient pour comme à ceux qui étaient contre.

Il a remis l'Aronde sur la route et a patienté quelques minutes, au ralenti derrière le troupeau. La femme ne s'est pas retournée une seule fois sauf quand les vaches ont emprunté d'elles-mêmes un chemin de terre qui s'ouvrait sur la droite, conduisant à une ferme isolée. Un déclic s'est produit dans la tête d'Édouard : cette ferme devait être celle d'Étienne Marchand ; en tout cas elle correspondait à la description qu'on lui en avait faite. Et la femme devait être la mère d'Étienne qui en avait hérité le visage anguleux et l'air buté.

* *
*

Édouard a mangé, distraitement. Marion le servait sans rien dire. La Rose était au comptoir et, de temps à autre, le regardait sans le voir. Il n'y avait personne d'autre qu'eux trois dans le café. La Rose a paru prendre une décision et a appelé :

« Marion ! J'sors un moment… J'reviendrai vers 9 heures… En attendant, tu peux t'occuper du café ? P't'être qu'y aura du monde ?

– Oui Rose… J'm'en occupe.

– Bon. À tout à l'heure ! »

Elle a tapoté ses cheveux, machinalement, devant la glace qui reflétait les bouteilles d'apéritifs, avant de sortir. Édouard l'a suivie des yeux. Il a souri, intérieurement : pas de doute, la Rose savait marcher en balançant ses formes pleines. Même s'il sentait que ç'aurait été possible, jamais il n'avait eu la tentation d'aller voir de plus près ce qui se cachait sous les robes à fleurs que la Rose affectionnait. Bien sûr, il était gendarme et dans un si petit pays… Mais, il devait y avoir autre chose…

Il s'est renversé sur le dossier de sa chaise. Marion s'est approchée :

« Vous avez fini ?

– J'ai fini !

– C'était bon ?

– Comme d'habitude, c'est toujours bon ! »

Marion a rosi ; elle a débarrassé la table et emporté la vaisselle sale à la cuisine. Elle est revenue :

« Vous… vous êtes toujours content. Ça me change ! J'vous apporte une bière ? »

Édouard s'est surpris à hésiter. Il est resté en suspens deux ou trois secondes. Tout à l'heure, il pensait aller voir Mathias… et Anna. Enfin… une bière… c'était quand même pas la fin du monde ! Il a concédé : « Va pour la bière ! »

Marion est allée vers l'évier du bar. Il y a eu le léger tintement de la chope de verre, le chuintement de la bière qui soufflait à la sortie du robinet, le bruit étouffé du liquide dans la mousse… Édouard écoutait et salivait déjà. Il a grommelé :

« Merde ! C'est qu'une bière non ? »

Pendant qu'il buvait, à petites gorgées, des entrechocs de vaisselle lui parvenaient depuis la cuisine.

Marion est revenue ; elle s'est glissée derrière le bar. Elle était un peu empruntée ; sa présence jurait presque quand on imaginait la présence de la Rose à sa place. Elle a fait mine de ranger deux ou trois verres avant de s'accouder, la tête dans les mains, et de surveiller la porte restée ouverte sur la place. Le silence s'est installé, seulement zébré du cri des martinets qui se poursuivaient, invisibles, dehors. Parce qu'il s'attendait à voir surgir Maximin d'un moment à l'autre, Édouard a plaisanté malicieusement :

« Viendra ? Viendra pas ? »

Marion a retenu un petit rire timide. Édouard a bu une gorgée puis a lancé la conversation. Ils ont parlé, de tout et de rien, lui surtout, enfin, au début. Marion a fait un pas, puis deux, pour se rapprocher. Bientôt, elle était au bout du bar, s'appuyant sur ses avant-bras, son visage encore un peu enfantin auréolé de cheveux frisottés se penchait vers Édouard. Lui avait mis ses deux mains autour de la chope et oubliait de boire. À un moment, elle a demandé, d'un ton qui cassait légèrement la voix :

« Gaston ? Le père de Maximin, vous allez le retrouver ? »

Édouard a tergiversé avant de répondre. Brusquement il a demandé :

« Tu sais garder un secret ?

– Ben oui… De toute façon, j'parle pas à grand monde hein ?

– Oui, c'est vrai. P't'être que c'est pas bon pour le commerce ? »

Marion a ri. Édouard a poursuivi :

« Je compte sur toi, tu le répéteras pas mais, Gaston, j'crois pas qu'on le retrouvera. Eh ? Marion ? Faut pas le dire, à Maximin surtout ! »

Elle a regardé dehors, vers la place, avant de souffler :

« Oh ! Lui… ? J'crois qu'y serait content ! »

Les mots avaient dû lui échapper et elle s'est mordue la lèvre supérieure qui a pris une teinte écarlate. Édouard a laissé s'écouler quelques secondes, le temps qu'elle retrouve son calme :

« Ça va si mal que ça avec son père ?

– Sûr que ça va mal. Maximin, il est malheureux tout le temps, à cause d'Anna surtout…

– Oui, oui… Ça peut se comprendre…

– Y m'en parle… à chaque fois qu'on se voit… son père… son père… Y dit qu'il le déteste… qu'c'est pas ce qu'y voudrait mais… qu'y peut pas faire autrement !

– J'vois ça…

– Y voudrait… mais il y arrive pas… Alors, oui, j'crois qu'y sera bien content si on le retrouve pas son père !

– Hum… C'est dommage non ? Mais hein ?… Qu'est-ce qu'on y peut ? »

Ils sont restés silencieux, un long moment.

Marion est allée vers le milieu du bar ; elle a saisi un torchon, fait mine d'essuyer quelque chose. Elle est revenue vers Édouard :

« Il y est pour rien Maximin dans tout ça et… même… y a des choses qu'y comprend pas…

– Ah bon ? Et qu'est-ce qu'y comprend pas ?

– Ben… Gaston… enfin, son père… y bat sa mère… Ça, tout le monde le sait. Mais lui, Maximin… jamais il l'a touché. C'est pas bizarre ça ? »

Édouard s'est étonné :

« T'es sûre ? Son père l'a jamais battu ?

– Puisque je vous le dis... Vous pensez... je le saurais non ? Jamais... il l'a jamais touché. Jamais embrassé non plus... même petit. Maximin y s'en souviendrait ! C'est pas dur... y se parlent à peine. C'est pour ça... Maximin, y dit que c'est pas un père qu'il a. Que c'est comme un étranger... sauf qu'y bat sa mère... Alors, j'crois qu'y sera content si on le retrouve pas. »

Édouard est resté sur cette tirade. Il n'y avait plus rien à ajouter. Il a bu une gorgée, la bière avait tiédi. Il a regardé le rectangle clair de la porte, puis Marion :

« Dis donc, y doit m'en vouloir un peu à moi aussi ? Et si je l'avais retrouvé ?

– Oh non ! Vous, c'est pas pareil ! Au début, quand vous êtes arrivé, il a râlé un peu, c'est vrai. Mais plus maintenant !

– Ah bon ?

– Oui. Vous vous fâcherez pas hein ? Mais il a dit que vous étiez un drôle de gendarme...

– Hein ?

– Oui et aussi... que les autos c'était pas votre truc ! »

Ils se sont mis à rire. Édouard s'est levé :

« Bon... Marion ? Tu te rappelles ? Tu dis rien hein ? J'compte sur toi ?

– C'est juré. J'dirai rien.

– Allez ! À tout à l'heure. J'vais faire un tour. »

Il est sorti et Marion s'est étonnée : il restait de la bière dans la chope qu'Édouard avait abandonnée sur la table.

* *
*

Il a roulé, un peu au hasard. Il avait baissé les glaces et l'air doux entrait avec des froufroutements, lui chatouillait la nuque, agitait un papier qui traînait sur la planche de bord. Le soleil s'attardait au-dessus du Grand Ferrand, accusant la verticalité de cheminées étroites, jetant des ombres crues qui soulignaient des arêtes vives et des clochetons, délayant des ocres dans le gris des falaises. Édouard s'est arrêté au col du Festre, il est descendu de la voiture et a fait quelques pas sur un chemin herbeux qui s'en allait, nonchalamment, vers le col des Aiguilles. Pas très loin, invisible dans un creux, un troupeau de brebis agitait des cloches sourdes qui se fondaient dans le bêlement clair des agneaux. Édouard s'est assis.

Il a regardé autour de lui et, pour la première fois depuis qu'il était « monté en Dévoluy », il a pris toute la mesure de la justesse de cette expression. Alors que ses jambes et tout son corps avaient souffert et subi les dizaines de kilomètres que les recherches leur avaient imposées, son cerveau n'avait pas enregistré ce qui était autour de lui. Il avait marché, était monté avant de redescendre, sans cesse ; ses yeux regardaient mais ne voyaient pas. Il en a eu la conscience aiguë pendant qu'il était là, assis dans l'herbe, et que rien ne le pressait.

Une conversation lui est revenue, qu'il avait eue avec Mathias. C'était plutôt un monologue du vieil homme, fait dont il devait être coutumier puisqu'il vivait seul la plupart du temps, et qu'il lui fallait bien parler à quelqu'un, fût-ce à lui-même. Pour expliquer le pays, son pays, Mathias avait cherché ses mots, et ceux-ci se dérobaient, restaient accrochés dans leur obscurité. Alors, il avait tendu les bras devant lui et mis ses deux mains en coupe. Il avait fixé Édouard dans les yeux et dit avec conviction :

« Voilà ! Le Dévoluy, c'est ça ! »

Édouard avait regardé. D'abord, il n'avait su voir autre chose que le prosaïsme des deux mains solides, aux doigts serrés, aux ongles cassés. Les lignes des paumes convergeaient au centre de la coupe vivante, sillons crevassant la peau calleuse et dure. Et, autour des mains était le vide. Mathias avait un sourire dans l'œil qui interrogeait. Édouard ne comprenait pas mais avait regardé encore. Et il avait vu. Sous ses yeux, et dans les mains offertes, la conque du Dévoluy s'arrondissait, soulevée vers le ciel par les falaises qui, tout autour, le muaient en forteresse de calcaire. Vers l'ouest où la ligne continue des sommets du Grand Ferrand à l'Obiou n'était rompue qu'au col des Aiguilles qui s'ouvrait sur la Drôme ; vers l'est que fermait la montagne entaillée par la Brèche de Faraut qui donnait l'illusion de l'évasion permise alors que ce n'était qu'un leurre puisque, de l'autre côté, on plongeait à pic sur la vallée du Drac ; vers le nord où les gorges de la Souloise ouvraient un passage sans cesse menacé par des pierriers énormes ; vers le sud enfin sur lequel veillait la sentinelle du Pic de Bure. Et, à l'intérieur de cette forteresse, le pays déroulait son épiderme de pierre, de maigres prés et de forêts, peau calleuse et dure crevassée de ravins et de canyons insondables, peau sur laquelle glissait l'eau qui tombait du ciel pour aller se perdre on ne savait où et désaltérer on ne savait qui. Édouard, alors, avait compris ce que le bonhomme voulait dire.

Quand, il y avait quelque temps, un temps qui avait coulé bien vite, il était « monté en Dévoluy », il ne se doutait pas de ce qui l'attendait. Il avait pesté contre cette mission improbable qu'on lui avait imposée. Depuis des jours, il cherchait « l'autre », comme il lui arrivait de qualifier, de manière désobligeante, ce type qu'il s'était mis à détester sans l'avoir jamais vu, ce Gaston dont la disparition avait tout déclenché, que les uns et les autres avaient cherché aussi et que personne ne semblait souhaiter revoir, à part Anna peut-être, ce « diable », ainsi que l'abominait Mathias, qui s'était évaporé et restait introuvable. Et maintenant, il allait falloir redescendre sans que soit dissipé le mystère, et cette constatation laissait à Édouard un goût d'inabouti.

* *
*

La voiture descendait le col du Festre. Édouard a pris sa décision brusquement, sans y réfléchir. Ça a été plutôt une impulsion à laquelle il n'a pas résisté : il allait surprendre Étienne. Il y avait deux ou trois jours que ce dernier n'avait pas mis les pieds chez la Rose et cette défection paraissait plutôt bizarre.

Édouard a garé l'Aronde sur un terre-plein avant la bifurcation du chemin qui conduisait à la ferme. Le prétexte en était que le chemin risquait d'être difficile, boueux ou pierreux, ce que la voiture n'aurait pas aimé. Édouard sentait bien cependant qu'une autre raison l'avait poussé à agir de la sorte : il avait envie d'arriver sans crier gare. Le seul risque était qu'un, et même plusieurs chiens aboient ou, pire, viennent s'attaquer à ses mollets. Alors, adieu la surprise. Mais il se rappelait qu'assez curieusement aucun chien n'accompagnait la femme qui ramenait les vaches.

Il a marché lentement, s'efforçant de ne pas faire rouler de pierres sous ses pas. Le crépuscule noyait la ferme dans une opacité bleue. Tout au fond de la cuvette du Dévoluy, vers la gorge des Gillardes, se devinaient des brumes qui, la nuit tombée, recouvriraient peu à peu la fine tranchée de la Souloise d'où émergeraient les îlots des dômes de petites collines boisées.

Il est entré dans la cour ; des graviers ont crié sous ses semelles. Il est passé devant le portail bas à demi fermé de ce qui devait être l'entrée de l'étable. L'ouverture noire expirait des relents tièdes de fumier et laissait filtrer des cliquetis de chaînes. Un peu plus loin, dans le mur, la lumière sourdait d'une fenêtre et coulait faiblement sur les pierres disjointes de la cour. Édouard a jeté un coup d'œil à travers les vitres que ne voilait aucun rideau. Il a distingué une grande table qui encombrait la pièce. Sur le mur d'en face, un buffet jetait une tache claire. Il ressemblait à celui que connaissait Édouard, chez Mathias, mais ici il était d'un rouge criard. À côté de la table, une silhouette de femme était debout devant ce qui devait être une cuisinière. Édouard a reconnu la gardienne des vaches. Elle parlait, de façon quelque peu véhémente, en remuant les bras devant elle. Elle s'adressait à Étienne qui, assis à la table, avait les mains occupées à tripoter des choses noires indistinctes répandues en désordre devant lui. Il ne se retournait pas vers sa mère, comme s'il voulait ignorer ce que celle-ci lui disait. De dehors, on ne pouvait comprendre les paroles jetées mais on devinait, au ton employé, et à de brusques embrasements sur les voyelles, que « le temps était à l'orage ».

Édouard a frappé à la porte. Il a écouté pendant quatre ou cinq secondes. Rien ne se passait et on n'entendait plus la voix de la femme. Il s'est préparé à frapper de nouveau quand la voix d'Étienne est arrivée à travers la porte :

« Qu'est-ce que c'est ? »

Édouard a poussé la porte, est entré, a fait trois pas dans la salle avant de refermer derrière lui :

« C'est que moi... J'étais par là alors... j'ai pensé comme ça... que je pourrais dire un petit bonjour en passant... J'dérange pas au moins ? »

Pendant qu'il s'embrouillait un peu dans une justification difficile de son intrusion tardive, ses yeux allaient de la femme à Étienne. Dans un geste instinctif, ce dernier avait rassemblé entre ses bras ce qu'il y avait sur la table. Son regard a cillé avant de se tourner vers sa mère. Elle a fixé Édouard méchamment, puis ses yeux ont foudroyé son fils. Elle a haussé les épaules dans un geste de dépit. Elle n'a pas ouvert la bouche, les lèvres tirées en un trait hermétique barrant le bas du visage au-dessus du menton. Étienne a réussi à articuler :

« Ah ? C'est toi ? Ben... salut Édouard...

– Bonsoir Étienne... Re-bonjour madame... »

Elle n'a pas répondu. Elle a tourné le dos, ostensiblement, et s'est occupée à remuer des casseroles sur la cuisinière.

Édouard s'est approché de la table et, enfin, a reconnu ce qui l'encombrait. Dans le berceau des bras d'Étienne, qui semblaient ne pas vouloir s'ouvrir, pointaient les pièces démontées d'un fusil, un fusil de chasse d'un modèle plutôt récent, à canons superposés. Édouard a avancé la main, a saisi la crosse pour l'examiner en connaisseur. Étienne n'a pas réagi. Seuls, ses yeux se sont exorbités, pendant qu'Édouard suivait de l'index les ciselures sur les plaques métalliques au-dessus du pontet. Des arabesques compliquées entouraient une tête de cerf aux bois aisément reconnaissables. Édouard a eu un sifflement admiratif :

« Dis donc ! C't'un beau fusil que t'as là ! Alors, comme ça, t'es chasseur ?

– Ben… ben oui… comme tout le monde hein ? »

Édouard a reposé la crosse sur la table. Les bras d'Étienne se sont ouverts enfin. Les pièces détachées se sont étalées avec un bruit métallique. Étienne s'est levé et a bredouillé :

« Attends ! J'fais un peu de place ! »

Il a rassemblé les pièces éparses, les a pliées précipitamment dans un grand chiffon graisseux avant d'aller poser le tout sur une chaise, contre le mur. Édouard s'est étonné :

« Et, comme ça, tu nettoyais ton fusil… C'est pas bien la saison non ? »

Étienne s'apprêtait à répondre mais sa mère l'a devancé ; sa voix sifflait :

« J'y ai dit mais y a rien à faire. Ç'ui-là, avec son fusil… »

Édouard a tempéré :

« Oh ! Je le comprends… Quand on aime les armes hein ? Pas vrai Étienne ?

– Ouais… C'est bien vrai, quand on aime les armes… »

Il a regardé sa mère, par en dessous, avec l'air buté d'un enfant grondé. Il a invité :

« Assieds-toi un moment… T'es pas pressé ?

– Non… non… j'suis juste passé comme ça. J'viens du col du Festre. J'y étais jamais monté.

– Ah ! … Et… et… Gaston ?

– Ben, toujours rien… »

Étienne a regardé Édouard, furtivement, puis sa mère. Il a constaté, et sa voix marquait un contentement qu'il ne savait pas cacher :

« J'l'avais dit ! On le retrouvera pas ! »

La femme a haussé les épaules avant de cracher :

« Il a que c'qu'y mérite ! Quand on boit, on trinque ! »

Étienne a ployé les épaules. Son regard a fui celui d'Édouard qui a fait deux pas vers la porte :

« Bon… j'me sauve…

– Ben… t'es pas si pressé ? Tu viens que d'arriver. Reste un peu non ? »

Sa mère lui a jeté un regard méchant :

« Y te dit que non ! Toi alors… Tu comprends rien à rien ! »

Édouard est arrivé à la porte ; il a dit, gentiment :

« Au revoir madame ! Au revoir Étienne ! À un d'ces jours p't'être ? »

Il est sorti et la voix d'Étienne est arrivée dans son dos :

« J'crois pas… En ce moment, y a bien du boulot ! »

La femme n'avait rien dit. Édouard a refermé la porte et a parcouru quelques mètres dans la cour. Il s'est arrêté devant la porte de l'étable, a hésité deux ou trois secondes avant de revenir en arrière pour jeter un coup d'œil discret par la fenêtre. Étienne était à nouveau assis à la table, les deux coudes appuyés et les mains l'une dans l'autre. Derrière lui, sa mère l'invectivait en le menaçant d'une louche qu'elle brandissait dans la main droite ; lui baissait la tête avec un air coupable. Édouard n'a pas compris ce que la femme disait.

Il est parti. Il souriait à demi en se souvenant des paroles définitives qu'Étienne avait énoncées sur son indépendance vis-à-vis des femmes qui auraient prétendu l'empêcher de boire.

XVI

Part du doute

Anna s'est réveillée en sursaut. Elle a tâté du pied, machinalement, à côté d'elle, la place qui restait libre maintenant. Par une espèce de réserve dont elle n'avait pas entièrement conscience, elle n'avait pas réussi encore à occuper tout le lit. Depuis qu'elle dormait seule, elle restait à sa place habituelle, celle d'avant, et regardait l'obscurité sans oser s'aventurer sur la plage qu'elle savait vide à côté d'elle.

Dans le demi-sommeil qui la maintenait en équilibre sur une crête mince serpentant entre l'inconscience et la réalité crue du matin, ses pensées s'entrechoquaient, tentant de se mettre en place. Son corps s'est relâché, ses mains ont remonté la couverture sur ses épaules, ses yeux se sont refermés et, l'espace de quelques secondes, elle a replongé dans le sommeil avant que le cours chaotique de sa conscience ne se heurte au rocher qu'elle connaissait bien maintenant : la pierre de sa culpabilité. Elle est restée immobile. La maison était silencieuse. Maximin devait dormir. Elle a cherché le réveil des yeux : 6 heures. Dans un quart d'heure, il faudrait appeler le garçon.

Elle s'est tournée afin de s'allonger sur le dos, les bras le long du corps abandonné, les mains aux paumes ouvertes vers le haut. Immergée dans la chaleur du lit, elle a tenté de ne pas penser encore, de se concentrer dans le contact physique du drap. Ses yeux ouverts se sont noyés du blanc pâle du plafond. Au fond d'elle-même, tapie dans l'obscurité, elle a deviné la petite bête qui bougeait un peu. C'était la même qu'hier sûrement, et qu'avant-hier, la même que tous ces jours, qui s'était installée sans qu'Anna n'y prenne garde, qui dormait quand Anna dormait, et s'éveillait quand Anna s'extirpait du sommeil.

Au début de la nuit, elle empêchait Anna de s'endormir ; ensuite, elle devait bouger quand le sommeil s'emparait d'Anna parce que ce sommeil était perturbé de réveils courts et difficiles. Maintenant, la petite bête ne se manifestait presque plus qu'au réveil et c'est ce qui devenait angoissant. Anna n'osait pas s'avouer qu'elle avait réussi à dormir, une nuit presque entière, et que le chemin de ce sommeil n'avait pas été entrecoupé de ravins, ou de montées abruptes, ou encombré d'obstacles qui, avant, l'obligeaient à des efforts dont elle émergeait le souffle court et les membres noués de crampes. Elle constatait cette inconvenance, et cette découverte la laissait interdite et coupable : Gaston avait disparu et elle, Anna, sa femme, avait réussi à dormir. C'était quelque chose qu'elle ne parvenait ni à comprendre, ni surtout à accepter. Elle n'en avait parlé à personne, pas même à Louise. Elle croyait entendre les reproches de son amie, et se refusait de les écouter pour ne pas avoir à discuter de leur bien-fondé. Et même, fallait-il en parler à l'abbé Travers ?

Dans la journée aussi, maintenant, il lui arrivait parfois de laisser ses pensées s'évader vers autre chose que la disparition. Quand, abruptement, elle reprenait pied dans la réalité, une vague de honte la submergeait d'avoir oublié Gaston, comme si le fait de ne plus s'être, ne fût-ce qu'un temps très court, rongé les sangs d'inquiétude avait un peu plus enfoncé Gaston dans cette obscurité dont personne n'arrivait à le sortir.

Ainsi, cette nuit encore, elle avait dormi, presque d'une traite. Elle a senti son corps reposé, qui ne gardait la mémoire d'aucun coup, mais voilà, la petite bête aussi a ouvert les yeux avant de commencer à rappeler à Anna qu'elle avait bien de la chance d'être dispose après une bonne nuit de sommeil alors que Gaston n'était pas là, qu'il n'avait pas eu droit, lui, à cette nuit réparatrice et qu'elle, sa femme, devrait avoir honte de l'avoir oublié.

Ses yeux ont effleuré le réveil : 6 heures et quart. Elle a rejeté drap et couverture, a posé les pieds sur le sol froid à côté du lit. Elle est allée toquer à la porte de Maximin avant de descendre l'escalier. Par la fenêtre, elle a entr'aperçu le talus en face de la maison et les frênes tout « enfeuillés » maintenant. Il allait faire beau et… Gaston n'avait toujours pas reparu.

* *
*

Anna a levé la tête : les marches avaient grincé en haut de l'escalier. Maximin est apparu. Des deux poings fermés, il se frottait les yeux. L'espace de quelques secondes, Anna a revu le petit garçon qu'il était il n'y avait pas si longtemps. Il s'est assis à la table et, comme chaque matin, il a mis beaucoup d'application à beurrer des tartines pour eux deux. Comme chaque matin, tous deux restaient silencieux, dans une entente qu'appuyait, de temps à autre, un regard complice. Elle ne lui a pas demandé s'il avait passé une bonne nuit ; c'était inutile, il avait passé une bonne nuit, comme elle. Ce qui les différenciait, et elle le savait sans le lui avoir jamais demandé, ce qui les différenciait était que Maximin, son fils, ne se sentait pas coupable d'avoir bien dormi.

Plus le temps passait, plus sa quiétude s'accroissait. Son visage était plus détendu et il lui arrivait même de rire, oh ! discrètement, mais il riait et, le soir, ses yeux n'allaient presque plus, comme avant, de la pendule à la porte quand, assis à table, ils mangeaient en silence dans l'attente de l'arrivée de Gaston.

Elle ne se sentait pas le droit de penser que Maximin avait tort, qu'il aurait dû partager son inquiétude. Non ! C'était une peine supplémentaire qu'elle portait, en plus de la sienne, une culpabilité diffuse que son garçon ait été, par la force des choses, amené à être content de la disparition de son père. Elle ne lui en voulait pas et, au contraire, elle était heureuse de voir que lui, au moins, semblait comme libéré par ce qui la ligotait, elle.

Depuis quelques jours ils ne parlaient plus de Gaston ou alors, quand ils le faisaient, c'était de manière indirecte, parce que quelque chose, ou quelqu'un, dans la journée, les avaient amenés l'un ou l'autre à effleurer cette plaie vive qui, chez Anna, n'avait pas commencé de guérir. C'était quand elle avait rencontré le maire, Pierrard, ou que Grandier avait téléphoné chez Louise, ou encore que Fauroux, jamais Anna ne disait Édouard devant Maximin, que Fauroux était passé venant de chez Mathias.

Elle a jeté un coup d'œil attentif sur Maximin qui mastiquait sa tartine et, comme il ne prêtait pas attention à elle, elle en a profité pour effleurer, dans la poche de son tablier, le chapelet qui s'était échappé et cassé, il y avait peu, sous les yeux éberlués du gendarme. Depuis, elle avait rafistolé le chapelet, comme elle avait pu. Elle aurait pu en acheter un autre mais c'était à celui-là qu'elle tenait, parce qu'il était vieux, aux grains devenus lisses d'être égrenés depuis que Suzanne le lui avait offert il y avait… il y avait longtemps.

Fauroux, enfin Édouard, était un homme qu'elle appréciait. Il était solide, parlait juste ce qu'il fallait, mettait beaucoup de cœur à l'ouvrage. À l'inverse d'autres, du maire, ou de Grandier, ou de Louise surtout, il n'avait pas une parole de découragement pour elle ou qui aurait marqué sa fatigue à lui. Il ne se plaignait pas, restait discret, et il cherchait. Jamais il n'avait prononcé un mot de dénigrement à l'encontre de Gaston. Il devait pourtant savoir maintenant mais il « n'en faisait pas cas » et elle appréciait beaucoup cette retenue. Elle n'arrivait pas à comprendre pourquoi Maximin se fermait quand elle lui parlait du gendarme et des efforts que celui-ci déployait dans les recherches. Elle avait interrogé le garçon là-dessus mais lui avait éludé la question.

XVII

Questions sans réponses

LES DEUX GENDARMES ont atteint la lisière du petit bois qu'ils venaient de fouiller. Au-delà commençait un maquis d'arbustes et d'herbe emperlée de rosée que le soleil, goulûment, commençait d'aspirer. Édouard s'est assis sur une grosse pierre. Elle lui meurtrissait un peu les fesses mais il n'y avait rien, à proximité, qui eût permis une position plus confortable. Costes est resté debout, à se balancer d'une jambe sur l'autre. Tous deux avaient ôté leur képi, dont on voyait la légère marque rouge sur le front, et l'avaient posé à terre. Ils sont restés silencieux une bonne minute, le temps que s'apaise l'essoufflement que la montée dans le bois leur avait imposé. Enfin, Costes a constaté :

« J'm'assoirais bien aussi ! Hier, j'ai fait un peu la bringue ! Ce matin, c'est dur ! »

Il a cherché, sous les branches basses de la lisière, avant de dégoter le tronc rugueux d'un pin qui pourrissait là. L'écorce en était à peu près sèche. Il en a arraché un morceau qu'il a posé dans l'herbe, devant Édouard, et s'est assis à son tour. Ils ont regardé autour d'eux, distraitement. La cloche du village a sonné 10 heures. Les dong ! leur sont parvenus, de plus bas, traversant l'air léger. Costes a interrogé :

« Alors ? Ça y est ? On arrête ?

– Ben oui ! Grandier m'a annoncé ça… hier. Y dit que maintenant, y a peu de chances qu'on trouve… Y comprend pas, mais…

– Tu parles ! Y a rien à comprendre ! C't'histoire de disparu, moi j'y crois pas ! J'y ai jamais cru !

– Ah ?

– Enfin… Sauf au début, d'accord… Mais, après… ? T'as déjà vu ça toi ? Un type qui se perd ? dans son patelin ? qu'y connaît comme sa poche ?

– Ben… Ça peut arriver hein ? La preuve… on l'a toujours pas trouvé !

– Bon, si tu le dis… t'as plus d'expérience. Mais… à c'que j'ai compris, t'as pas toujours dit ça ! Même que Grandier, ça le faisait pas rire ! »

Costes souriait à peine mais avait un éclair dans l'œil. Il a plaisanté :

« Tu sais que pour un peu, maintenant, y t'aurait presque à la bonne ? J'l'ai entendu, au téléphone… J'sais pas à qui y causait mais y disait comme ça que, finalement, t'aurais pu faire un bon gendarme, avec un peu plus de discipline ! ... et que si toi tu trouvais pas Daurel, personne le trouverait !

– Ah ! bon... Il a dit ça...

– Ouais ! Tu dois être content non ?

– Peuh ! Tout ça, c'est des bêtises ! Faut bien voir les choses. Y a ce Daurel qu'on retrouve pas. Même si y vaut pas grand-chose, moi, j'pense à... sa femme, et à son gamin... Se crever pour aussi peu de résultat, c'est bien dommage !

– C'est vrai... c'est vrai... Ben... Édouard... p't'être qu'on pourrait chercher encore un peu non ? D'ici samedi, ça nous laisse une semaine. Va savoir... Les miracles, ça existe non ? »

Costes a ri, sans joie, et Édouard a imaginé Anna. Elle semblait y croire aux miracles ; elle n'aurait pas aimé voir les gendarmes, découragés, rester à ne rien faire.

Ils ont repris les recherches. Ne restaient plus, sur la carte, que quelques carrés inexplorés dont on aurait comblé le vide d'ici quelques jours. Édouard a projeté d'aller voir Mathias, ce soir. La veille, en sortant de chez Étienne, il n'avait pas eu le courage de se rendre chez le vieil homme pour discuter un peu, et avec Anna aussi...

* *

*

Édouard mangeait machinalement. La Rose était à son poste habituel, derrière le bar, et devant la glace dans laquelle elle se reflétait, entre les bouteilles d'apéritifs. Discrètement, elle surveillait le gendarme. Elle brûlait d'envie de lui parler mais elle hésitait. Même si elle en savait davantage sur lui, c'était bien peu, et il l'impressionnait toujours autant. Sans oser se l'avouer, elle était un peu déçue : il n'avait jamais tenté quoi que ce soit avec elle, et ça, c'était rare. À force de côtoyer les hommes à longueur de vie, elle les connaissait, presque trop même. Mais avec celui-là, solide, réservé sans être taciturne, à la fois familier et poli, elle n'avait pas réussi à trouver l'ouverture. En plus, quand il était arrivé, il lui avait paru porté sur la boisson, la bière brune, ce qui faisait de lui une exception. Voilà que maintenant, inexplicablement, il se contentait d'une chope, le soir, qu'il sirotait calmement, comme s'il pensait à autre chose.

Elle s'est décidée. Elle a fait quelques pas glissés, l'air de rien, et s'est installée au bout du bar, au-dessus de la table où Édouard, maintenant, avait repoussé son assiette vide. Les doigts de la main droite, un peu poilue vers le poignet, tambourinaient machinalement et il regardait et écoutait, distraitement, quatre joueurs de belote qui parlaient fort à quelques tables de là :

« Alors, pas trop fatigué ? »

Édouard a levé la tête vers elle. Il a souri :

« Ben… non… Avec l'habitude hein ?

– Oui, mais quand même ! Et… tout ça pour pas grand-chose !

– Eh oui ! C'est comme ça. »

Marion est arrivée, sérieuse. Elle a interrogé Édouard du regard. Lui a opiné de la tête et la jeune fille a débarrassé la table. La Rose a suggéré :

« Marion ! C'est bon, tu peux t'en aller. À demain ! »

Marion a marqué une légère pause de surprise :

« Bon… À demain Rose ! Bonsoir m'sieur Fauroux !

– Bonsoir Marion ! Sois sage hein ? »

La jeune fille a rosi :

« Aujourd'hui, y viendra pas j'crois…

– T'en fais pas va, y viendra demain ! »

La Rose est restée silencieuse, un peu. Maintenant que le champ était libre, ses doutes la reprenaient. Puis, elle a plongé :

« Des fois, je me dis… à propos de ce qu'on discutait tout à l'heure… Gaston… c'est bizarre…

– Ah bon ? Et qu'est-ce qui est si bizarre ?

– Ben, comme il a disparu… comme ça… sans laisser de traces…

– Ah ? »

Elle s'est penchée vers Édouard après s'être assurée que les joueurs de belote étaient bien dans leur partie. Elle s'est mise à parler plus bas, pour eux deux :

« Vous savez ?... Le jour où il a disparu... enfin, la veille, le samedi soir... il était pas tout seul !

– Ben oui ! Tout le monde le sait. Y avait je ne sais trop qui ! Des habitués... vous les connaissez vous Rose ?

– Évidemment, toujours les mêmes... Jean-Claude, Dédé, un autre que je connais de vue, et Étienne. Tiens ! Ça me fait penser, Étienne, ça fait plusieurs jours qu'on l'a pas vu ! »

Édouard s'est retenu de lever le nez. Il a laissé s'écouler quelques secondes avant de demander, placidement :

« Et, pour vous Rose, c'est ça qui est bizarre ?

– Ben non ! Évidemment ! Sauf que... ce soir-là... y z'avaient bu plus que d'habitude hein ? Déjà que d'habitude...

– Ah ! ... J'vois pas le rapport avec...

– C'est qu'à un moment, y se sont engueulés ! Ça chauffait !

– Peuh ! Les hommes, quand on a bu un coup d'trop hein...

– C'est vrai, c'est vrai... mais là... Gaston et Étienne... Presque, il a fallu les séparer !

– Y se sont battus ?

– Non, non... Mais c'était pas loin. Heureusement ça s'est arrangé. Même, y sont partis ensemble...

– Ah ! Vous voyez bien ! Et... ça devait être tard non ? »

La Rose a baissé le nez :

– Ben oui... Vers les 3... 4 heures...

– Pfuuuuiiiit ! C'était tard en effet !

– Ben… ici, ça dérange pas… On peut fermer plus tard !

– Ouais, j'vois ça… Et… pourquoi qu'y s'engueulaient Étienne et Gaston ? »

La Rose n'a pas hésité avant de répondre :

« Ça, j'en sais rien. Moi, quand y gueulent comme ça, j'écoute pas. J'file à ma cuisine et je lis !

– C'est vrai ? Vous lisez ?

– Ben oui ! *Nous deux* surtout… J'ai pas assez le temps chez le coiffeur alors, maintenant, je me l'achète, de temps en temps ! »

Elle a regardé dans le vague, quelques secondes :

« C'est que des histoires hein ? Mais, quand même… j'aime bien ! C'est de l'amour… Et vous, Édouard, ça vous arrive de lire ?

– Qui ça, moi ? Ben… ben… Doit y avoir un bon bout de temps… à part le journal… »

Il a regardé ses mains avant d'ajouter :

« Bien sûr, des fois, j'me dis que j'ai tort… J'crois surtout qu'y faudrait que j'me force… mais ça… »

Il s'est levé et, sans rien ajouter, il est sorti du café. La Rose l'a regardé partir. Elle restait sur sa faim et, de plus, il n'avait pas commandé de bière. Le côté commercial a repris le dessus et la Rose s'est gourmandée de ne pas lui avoir proposé une chope.

* *
*

Il est arrivé près de la voiture, a ouvert la portière avant de rester en suspens. Il s'est un peu déhanché pour déchiffrer ce qu'un gamin, sans doute, avait écrit du bout de l'index, en profitant de la poussière qui, depuis quelques jours, s'était accumulée sur le capot : « Merde pour celui qui le lira ! » Par jeu, Édouard a failli ajouter quelque chose, puis il a effacé la phrase avec la paume de la main, dégageant ainsi une tache brillante un peu striée de traînées grises qui se voyaient encore plus que l'inscription qui avait disparu. Il a dit : « Baste ! », et s'est installé au volant.

Il a démarré, est sorti du village et s'est mis à rouler au hasard. Il ressentait le besoin de laisser son esprit vagabonder à sa guise pendant que son corps se relâchait dans la solitude et l'intimité de l'auto, dans des odeurs un peu recuites d'essence, de tissu, et d'autres, moins identifiables mais plus personnelles. Son errance l'a conduit aux Étroits, où Costes et lui étaient venus quelque temps auparavant. L'endroit lui a laissé la même sensation un peu oppressante. Dans le jour qui baissait, l'impression était plus forte encore, d'être dans un autre monde entaillé de cette blessure noire qui zigzaguait, surplombée de falaises tantôt éclaboussées d'un soleil orange, tantôt drapées d'ombres inquiétantes.

Il a traversé le chef-lieu et lu le poteau indicateur qui donnait la direction du col du Noyer. La route, étroite, s'est mise à monter à travers de maigres pâtures boursouflées de clapiers gris. La cuvette du Dévoluy se découvrait peu à peu, fermée à l'ouest par la muraille des sommets qui courait ininterrompue, du Grand Ferrand à l'Obiou, et dans laquelle tout contraste avait disparu laissant la place à une ombre bleutée derrière laquelle le soleil commençait à saigner. Bientôt, la route s'est faufilée dans une dépression qui s'était creusée, au fil des millénaires, brisant la chaîne des falaises est, entre la crête de la Montagne de Faraut et une autre crête de rochers déchiquetés qui culminait au Bec de l'Aigle. Par quelques lacets, serpentant au milieu des pâturages dans lesquels les pierres le disputaient à une herbe rare et à quelques pins torturés, la route a débouché au col du Noyer.

Édouard a arrêté l'auto sur le bas-côté. De l'autre côté de la route, au bas d'une pente raide hérissée de pierres, une bâtisse toute simple se tassait dans la solitude désolée du col. Mathias en avait parlé un jour comme étant un héritage de l'empereur Napoléon III. C'était cet homme qui avait laissé son nom à ce refuge quand, enfin, avaient été entrepris les travaux qui avaient rendu un peu plus sûre la route, la troisième seulement qui permettait de « monter en Dévoluy », le pays qui, encore aujourd'hui, semblait refuser de s'ouvrir sur l'extérieur. Édouard est descendu de l'auto et a fait, à pied à travers les pâturages, les quelques dizaines de mètres qui permettaient de basculer de l'autre côté du col. Il s'est arrêté, saisi. La route plongeait brusquement sur la plaine du Champsaur qu'on découvrait, tout au fond, et sur laquelle veillait, là-bas en face, le Vieux Chaillol, du haut de ses trois mille et quelques mètres qui s'étageaient au-dessus de Saint-Bonnet. Ce versant du col n'avait rien de débonnaire et la route se jetait, de lacet en lacet, à peine soutenue par quelques murets dérisoires, jusqu'au village du Noyer dont on devinait, dans l'ombre, les petites maisons attroupées tout au pied de la pente. Plus bas encore, le Drac sinuait, dont l'eau gris-bleu dévalait entre des méandres de sable et de graviers.

Édouard a réalisé, tout à coup, que c'était là-bas, de l'autre côté de la vallée, qu'était son port d'attache et que, tous ces derniers jours, celui-ci ne lui avait pas manqué. Il avait suffi de cette affaire de disparition, qu'à son arrivée en Dévoluy il avait presque refusée, et qui, maintenant, était devenue « son affaire ». Et il lui restait bien peu de temps pour prouver, ne fût-ce qu'à lui-même, qu'il ne s'était pas trompé. Ce ne serait ni pour Grandier, ni pour Buisson. En un sens, il s'est rendu compte qu'il « en avait rien à foutre » de retrouver Gaston ou de découvrir qui l'avait « expédié ». L'autre n'avait probablement eu que ce qu'il méritait. Mais lui, Édouard, voulait savoir, uniquement pour le plaisir et, probablement plus encore, pour une autre raison qu'il avait du mal à s'avouer et qui était liée à ces relations ambiguës qu'il avait nouées avec Mathias et… avec Anna aussi. Un léger vent s'est levé, qui remontait la pente depuis le Champsaur. Édouard a fait demi-tour. Il a hésité quelques secondes : le refuge faisait office de café… Puis il a pensé que, s'il voulait voir Mathias, il faudrait quand même arriver avant la nuit. Il est remonté dans l'auto qu'il a mise en route pour redescendre.

XVIII

Raisons de la colère

ÉDOUARD A GARÉ L'ARONDE là où l'herbe était bien tassée maintenant par les multiples manœuvres que des arrêts fréquents à cet endroit avaient entraînées. Il a marché, tranquillement, sur le chemin montant, en faisant crisser le sable sous les semelles de ses chaussures. Il commençait à connaître chaque caillou arrondi qui dépassait un peu, chaque buisson qui s'avançait au bord du talus, chaque traverse de bois qui, insérée de biais en travers du chemin, guidait l'eau des orages vers le fossé qu'il aurait fallu curer parce qu'il s'encombrait de débris végétaux depuis que le cantonnier n'était plus passé.

Quelque cent mètres avant la maison d'Anna, il a escaladé le talus sur sa gauche. Il s'est arrêté quelques instants. Il n'avait pas encore décidé s'il irait ou non dire bonjour en repartant. Il n'y avait rien de nouveau à annoncer, rien en tout cas qu'il aurait pu dire à Anna, et surtout pas que Gaston et Étienne s'étaient copieusement « engueulés » et presque battus le fameux samedi soir.

Il a traversé le pré qu'une petite brise effleurait. La porte de Mathias était ouverte. Édouard s'est avancé sur le seuil et a jeté un coup d'œil à l'intérieur : il n'y avait personne. Il a hésité un moment. Mathias ne devait pas être loin puisque la porte était ouverte. Cependant, on ne l'entendait fourrager ni dans la cabane des lapins ni dans le petit hangar qui servait d'écurie à Nanette. Édouard est allé derrière la maison. Le jardin était là, avec ses « planches » de légumes impeccablement alignées, ses allées bordées de pierres fichées en terre et la haie de genévriers sauvages qui l'entourait. De Mathias, point. Le petit bois, derrière, dressait sa barrière de pins, de courts chênes tordant leurs bras implorants et de hêtres.

Édouard a hésité, prêt à tourner les talons, et Mathias est sorti du bois. Il marchait calmement. Il avait un solide bâton à la main dont il ne se servait qu'à peine. Arrivé presque à la hauteur d'Édouard, il a pris conscience, tout à coup, de la présence du gendarme. Il s'est arrêté, a haussé les sourcils ; son visage a marqué une surprise un peu « colère » :

« Ben ? T'es là ? Et… y a longtemps ?

– Non… J'arrive tout juste… Ça va ?

– Ça peut faire… »

Mathias est entré dans la maison. Il a appuyé son bâton, debout, derrière la porte, là où pendait la veste de velours. Édouard est resté sur le seuil, à hésiter : Mathias ne l'avait pas invité à entrer. Le vieil homme a tenté, maladroitement, de tempérer son manque de chaleur :

« Ben… Entre ! Qu'est-ce que t'attends ? »

Édouard est entré. Il a tiré une chaise et s'est assis. Mathias semblait absorbé dans des réflexions qui lui faisaient oublier le moment présent. Il a dû réaliser, brusquement, l'inconvenance de la situation. Il a secoué la tête comme quelqu'un qui chasse une idée saugrenue. Il a marmonné quelque chose, pour lui seul, avant d'aller vers le buffet et d'en tirer les verres à fleurs et la bouteille de cassis. Toujours sans rien dire, il a rempli d'eau fraîche un pot de grès qui attendait sur la table. Il a servi le cassis, en penchant la tête de côté pour mesurer au plus juste la dose de sirop. Il a complété avec de l'eau, a saisi son verre et annoncé abruptement :

« Santé !

– À la tienne ! »

Ils ont bu, posément, sans se regarder. Pour dire quelque chose, et surtout pour rompre le silence qui pesait entre eux, Édouard a demandé :

« J'étais surpris que tu sois pas là, en plus avec ta porte ouverte… c'est pas trop prudent !

– Ben ! Y a rien à voler !

– P't'être ! Mais quand même… Enfin, p't'être aussi que t'étais pas loin ? »

Mathias a émis un bruit de gorge qui se voulait être un rire ; c'était un rire sans joie, une constatation amère. Il a fixé Édouard, et son regard sondait celui du gendarme en face de lui. Il a dit, comme une évidence :

« J'suis allé voir la route, la nouvelle route, là, derrière, pour savoir où y z'en sont.

– Ah ?

– Ouais. Y z'avancent vite. Bientôt, on reconnaîtra plus rien. »

Il a regardé Édouard, plus attentivement encore :

« Y a quelques jours que t'y es pas allé non ?

– C'est vrai… depuis que tu étais venu pour donner un coup de main.

– Eh ben ! Ça a changé ! Une chatte y retrouverait pas ses petits ! Y a pas à dire, ces engins, ça vous en fait du boulot ! »

Édouard a laissé s'écouler deux ou trois secondes avant de demander négligemment :

« Et… ça t'emmerde pas trop qu'y foutent le pays en l'air ? »

Mathias a haussé les sourcils ; il hésitait à répondre. Il s'est renversé sur le dossier de sa chaise :

« Ben… ben… Si ça peut être utile hein ? La station, paraît que ça va faire renaître le pays… »

Il paraissait ne pas croire un mot de ce qu'il disait. Il a poursuivi, et sa voix marquait une chaleur retrouvée :

« Au moins, ça fera un heureux... Maximin y sera content, lui ! Les machines, c'est pas ça qui va manquer là-haut ! »

Édouard a fait tourner son verre entre ses mains. Il regardait chatoyer le liquide prisonnier. Il a confié :

« Ben... Anna aussi sera contente. Les touristes et les skieurs, ça mange ! Et y z'aiment tout ce qui "est du pays" ! Fromages compris !

– Ouais, tu dois avoir raison ! »

Mathias a réfléchi, les yeux fixés sur le crucifix qui regardait le mur :

« P't'être qu'y fallait ! Moi, j'y tiens pas trop hein ? Mais... j'suis pas tout seul ! Et si au moins Anna et Maximin s'en trouvent bien de cette route... »

La réflexion de Mathias a flotté entre eux ; le malaise s'était dissipé. Le vieil homme s'est enquis, pour la forme, de l'avancement des recherches. Il n'écoutait qu'à peine les explications. À un moment donné, une réflexion lui a échappé, qu'il avait faite déjà, plusieurs fois, lors d'autres visites, et Édouard a retrouvé dans sa voix le même ton que d'habitude, un tantinet moqueur :

« Ah ben ! J'crois pas que vous le trouverez par là le Gaston ! »

Édouard n'a pas relevé l'ironie et n'a pas demandé pourquoi Mathias semblait si sûr que Gaston n'était sûrement jamais là où on le cherchait.

Ils se sont mis à discuter de choses et d'autres, comme d'habitude. Édouard a raconté son escapade au col du Noyer. Mathias avait retrouvé son entrain et il a cligné de l'œil et plaisanté :

« T'as vu hein ? Par là aussi on est bien gardé ! Pour "monter en Dévoluy", faut l'vouloir ! »

Et il a renouvelé ce geste des mains mises en coupe qu'Édouard lui connaissait et dont, maintenant, il savait et appréciait la signification. Comme d'habitude aussi, ils ont parlé d'Anna et de Maximin. Édouard a confié :

« Je t'ai jamais demandé mais… ça me tarabuste… Maximin… Je lui trouve un air bizarre. Sa tête… j'sais pas… C'est comme s'il la tenait pas droite. Des fois, j'me demande…

– Ben… tu t'es pas trompé. Quand le diable s'en mêle ! »

Mathias avait retrouvé son œil noir. Il a raconté, sans se faire prier. C'était plutôt une manière d'exutoire que de pouvoir confier à quelqu'un cet épisode qu'il devait porter en lui, depuis longtemps, depuis la naissance de Maximin. Et il n'en avait rien oublié. Les souvenirs lui sont revenus, facilement, qui faisaient renaître des sensations et… des colères.

Anna était enceinte. À l'époque, Gaston buvait déjà mais il ne la battait pas encore. Une fois ou deux, Mathias avait raccompagné l'ivrogne. Il l'avait fait pour Anna. Un soir, il avait trouvé Gaston titubant à trois ou quatre cents mètres de la maison. Il l'avait « engueulé » copieusement. L'autre dodelinait de la tête et se contentait de bafouiller :

« Ouais… ouais… t'as raison ! Sûr que t'as raison ! »

Ils étaient arrivés à la maison d'Anna, l'un soutenant l'autre. On était à la nuit. Anna avait ouvert la porte. Elle était en chemise de nuit et Mathias avait vu son gros ventre dans le contre-jour. Elle avait les cheveux défaits et elle geignait, appuyée au chambranle :

« Mon Dieu ! Ça y est ! C'est pour maintenant ! »

Mathias avait senti la colère froide le prendre, contre Gaston, cette colère qui ne l'avait plus quitté depuis. Mais il y avait mieux à faire que de s'en prendre « au diable » qu'il avait poussé à l'intérieur. Il avait rassuré Anna :

« T'en fais pas va, ma grande. J'cours chercher Louise ! Ça va aller, t'en fais pas ! »

Gaston, appuyé à la table, ricanait :

« Sûr qu'ça va aller ! J'bois un canon et j'm'en occupe ! Pas besoin de la Louise ! »

Mathias était parti, comme un fou. Jamais il n'avait couru si vite. Quand Louise et lui étaient arrivés, ils avaient trouvé Anna couchée, le visage rouge et en sueur. Gaston était penché sur elle, vers son ventre, et il criait :

« Pousse nom de D… ! Je le vois ! »

Louise l'avait écarté violemment et Gaston criait encore. Il avait les mains souillées :

« Elle veut pas m'écouter ! J'y ai dit pourtant ! Elle veut pas ! »

Maximin était né. On n'avait jamais su ce que Gaston avait tenté de faire mais le garçon, en grandissant, avait affiché ce port de tête à peine incliné qui, Dieu merci, ne l'avait jamais gêné.

Pendant qu'il racontait ça, Mathias fixait ses mains. Édouard suivait, sur le visage du bonhomme, la renaissance d'images refoulées que les mots faisaient resurgir. Les images cassaient le débit de la voix et entrecoupaient le récit de silences ponctués de « C'est un diable ! » qui sifflaient entre les lèvres devenues blanches de colère rétrospective.

Quand Mathias s'est tu, Édouard l'a laissé reprendre son souffle et retrouver un peu de sérénité. Bientôt, il a demandé doucement :

« Et... paraît que jamais il l'a battu son garçon... T'as vu ça toi ? »

Mathias a levé les yeux et a secoué la tête, comme s'il ne comprenait pas quelque chose :

« C'est vrai... C'est vrai... Jamais ! Par contre... Anna... la pauvre ! Je te le dis ! C'est un diable ! »

Ils ont changé de sujet de conversation :

« Dis donc Mathias ? Marchand ? Étienne Marchand ? Tu dois le connaître non ? »

Mathias s'est renfrogné :

« Sûr que j'le connais. Ici, tout le monde connaît tout le monde. J'ai même fait du bois pour lui et sa mère y a quelques années. Pourquoi que tu demandes ça ?

– Oh ! Comme ça… J'le vois, de temps à autre, chez la Rose.

– Ah ? Chez la Rose hein ? Ça m'étonne guère !

– Il est chasseur Marchand ? »

Mathias a écarquillé les yeux. Il a interrogé :

« Comment tu sais ça toi ? Y te l'a dit ?

– Ben non. C'est juste que l'autre jour je l'ai vu nettoyer son fusil. J'ai trouvé ça bizarre. En cette saison hein ?… »

Édouard a senti une réticence chez Mathias, et même une certaine irritation :

« Ah ben ! Y fait c'qui veut non ? En tout cas, c'est pas chez la Rose qu't'as dû voir ça !

– Non, bien sûr ! C'était chez lui ! Même que sa mère était pas contente !

– Qu'est-ce que tu veux que ça me fasse ! T'oublies jamais d'être gendarme toi hein ? »

Édouard a regardé Mathias en souriant :

« Celle-là, je l'ai pas volée !

– Non tu l'as pas volée ! Tiens, bois plutôt un coup et parlons d'autre chose ! »

* *
*

Pendant qu'il traversait le pré pour aller chez Anna, Édouard hésitait encore : allait-il entrer ou non ? Même si Maximin n'était pas là, il n'entrerait peut-être pas. L'envie ne lui manquait pas, bien au contraire, et c'était la raison précise pour laquelle il hésitait si fort. Dans quatre ou cinq jours, il allait redescendre, quitter le Dévoluy. Qu'est-ce qu'il avait à gagner à pousser cette porte et à s'installer en face de cette femme pour lui débiter des banalités auxquelles il ne croyait pas. Il allait lui parler de Gaston, son mari, comme s'il restait une chance encore de le lui rendre. C'était idiot, complètement. L'autre devait être déjà à pourrir quelque part, tassé dans un trou, ou fracassé au bas d'une falaise, ou… enterré Dieu seul savait où. Anna… Il avait plein de choses à lui dire, de ces choses qu'il ne lui dirait jamais, parce qu'il n'osait pas se les avouer à lui-même, et parce qu'elle, Anna, devait être incapable de les entendre et surtout de les comprendre, à propos de ses mains, ou de ses yeux, ou de ses poignets un peu rouges… Quand même, c'était un monde que lui, Édouard, ait peur d'entrer chez quelqu'un mais, maintenant qu'il était arrivé au talus, il savait bien qu'il allait frapper à la porte.

* *
*

Il est ressorti quelques minutes plus tard. Tout s'était déroulé comme d'habitude. Il avait raconté les recherches, débité les paroles rassurantes qu'Anna attendait et buvait, attentive. Il n'avait pas osé lui avouer qu'on arrêtait tout. Il avait bronché devant l'obstacle, s'était dérobé comme un cheval rétif alors qu'il savait pertinemment que ce n'était que remettre à plus tard ce qui aurait dû être fait maintenant, et par lui, parce que Grandier, avec ses grosses guêtres…

Anna l'a raccompagné et a fait quelques pas dans la cour qu'envahissait le crépuscule. Soudain, elle a eu comme une illumination :

« Oh ! J'ai failli oublier ! Vous vous souvenez ? Vous m'aviez demandé si y manquait rien depuis que Gaston…

– Ah ? Oui, en effet ! C'est vrai, quelque chose qu'il aurait pu emporter !

– Voilà ! C'est ça ! J'ai cherché, comme vous m'aviez dit. Et Maximin aussi.

– Bon… Et alors ?

– C'est Maximin qui a trouvé, enfin… plutôt, y s'est aperçu qu'il manquait quelque chose. Un fusil… Celui de Gaston bien sûr ! »

Édouard s'est figé :

« Un fusil ? Vous êtes sûre ?

– Absolument ! Maximin m'a dit…

– J'crois qu'on serait mieux à l'intérieur. Venez me raconter ça. »

Ils sont rentrés ; Anna a refermé la porte et s'est assise en face d'Édouard :

« Je vous disais… C'est un fusil. Il a dû le prendre pour aller braconner… Ah ! Gaston… Il y tient à son fusil. Faut dire qu'y nous a coûté cher même s'il a fallu partager avec Marchand !

– Hein ? Comment ça partager ?

– Oui ; ils l'ont acheté à deux, à cause du prix. Ça a fait des histoires à n'en plus finir. J'aurais mieux fait de le laisser acheter tout seul au lieu de lui tenir tête. C'était la première fois que je lui tenais tête mais l'argent hein ? On le gagne pas facilement !

– Oh ! Je comprends ! Et Gaston, pour le fusil, y veut pas, avec Marchand ?… »

Anna a baissé la tête. Elle a avoué, tout bas :

« Il est pas facile Gaston… On a dû vous dire… Alors, pour le fusil… Étienne a payé sa part mais…

– J'vois ça. Et… C'fusil ? À quoi y ressemble ?

– Je ne sais pas trop dire. C'est un fusil quoi. Moi, ces choses-là… Ah si ! Les canons, ils sont pas comme d'habitude !

– Ah bon ?

– Oui, l'un sur l'autre qu'ils sont ! Ça m'a frappée dès que je l'ai vu !

– En effet ! Et… vous ne voyez rien d'autre ? »

Anna a réfléchi. Elle a mis sa main droite devant la bouche, avec l'index qui agaçait la lèvre. Elle avait l'air enfantin tout à coup :

« Si ! Ça me revient maintenant. C'est la seule chose que j'aime ! Parce que les fusils et moi… Celui-là, il a des plaques au-dessus du truc sur lequel on appuie…

– La détente ?

– C'est ça, la détente. Les plaques sont belles, un peu bleutées, avec des dessins incrustés.

– Ça doit être joli ?

– Oui, très joli… Des têtes d'animaux… Des cerfs je crois bien… avec les bois et tout… Vous voyez ?

– Oh ! J'vois très bien ! C'est bien de vous être souvenue de ça Anna. Je vous remercie. Et… ce fusil ? Il le range ici votre mari ?

– Non ! Ça, j'ai pas voulu. Il le pend dans un placard, dans la remise. Et il y est plus ! Dites, Édouard, vous croyez que ça peut servir de savoir ça ?

– Ma foi… C'est bien possible. On va voir… On va voir. En tout cas je vous remercie. »

Édouard a pris congé. Il se retenait pour ne pas courir.

XIX

Sueurs froides

On était au mardi. Quatre jours encore et on arrêterait les recherches. Costes pestait en silence parce qu'il ne comprenait rien à ce qui se passait. Il suivait Édouard beaucoup plus qu'il ne participait, et brûlait de l'envie de s'en prendre à son compagnon dont le comportement lui paraissait inqualifiable. L'autre cherchait avec frénésie, montant, retournant sur ses pas, descendant… C'était à n'y pas croire. De plus, il était devenu muet, le regard un peu fixe, comme tourné en dedans, occupé à quelque chose qui restait étranger à ce que faisait son corps.

Ils ont remonté un petit ravin qui, lors de fortes pluies, devait voir couler de façon éphémère les eaux de ruissellement : un oued, avait commenté Édouard. Le fond en était encombré de pierres et d'ossements de bois sec blanchi arraché aux arbustes qui croissaient en désordre sur les courtes pentes raides au-dessus. Brusquement, Édouard s'est figé. Il a levé le nez, reniflant l'air, à gauche, à droite, chien de chasse obstiné cherchant une piste. Costes, interloqué, le regardait et, pendant quelques secondes, il a pensé qu'Édouard n'avait plus toute sa raison. Tout à trac, Édouard a demandé :

« Tu sens rien ? »

Costes est resté ébaubi. Tout d'abord, il n'avait pas compris le sens de la question :

« Je sens rien ?... Comment ça ? »

Édouard s'est énervé :

« Ben oui quoi ! T'as un nez ou pas ?

– Sûr que j'ai un nez !

– Et tu sens pas ? Une odeur... y a une odeur ! »

Costes a failli se fâcher. Une odeur ! Une odeur ! Décidément, Édouard ce matin... Puis, il s'est concentré et a reniflé lui aussi, à gauche, à droite ; Édouard le surveillait avec attention :

« Alors ?

– Ben... alors... Attends voir... oui... oui... t'as raison ! Ça sent ! On dirait que ça vient de là ! »

Costes s'est avancé de quelques pas. Dans le fond du ravin, une excavation s'était creusée sous l'effet du courant aujourd'hui tari. S'enfonçant sous des buissons, de l'eau stagnait, sombre, où surnageaient des feuilles mortes immobiles. Les deux hommes se sont regardés :

« Qu'est-ce que t'en penses ?

– J'sais pas... faut voir... on dirait que c'est là-dessous...

– Dis donc ! Ça sent pas bon !

– Ça pue oui ! »

Ils sont restés indécis, à regarder l'eau noire qui disparaissait sous des branches basses. La même idée leur était venue, embarrassante et, chacun pour soi, ils s'étonnaient qu'elle ne les ait pas effleurés plus tôt. Quelqu'un qui se perd, qui tombe, se blesse, agonise, qui meurt et reste là, sur place, plusieurs jours, un cadavre quoi ! ça se décompose vite et... ça sent. Ils n'y avaient pensé ni l'un ni l'autre, tous ces derniers jours, comme si l'on pouvait s'attendre à tomber, après tout ce temps, sur un beau petit cadavre bien propre. Ils avaient travaillé avec leurs yeux, leurs oreilles et avaient oublié leur nez.

« Tu crois que ?... »

Costes avait le regard effaré. Il n'arrivait pas à croire ce que tous deux imaginaient. Édouard a opiné en silence.

« Mais... dans l'eau... c'est bizarre ? Ça coule même pas !

– Ouais, c'est vrai. Mais, rappelle-toi... l'orage... dans les premiers jours qu'on cherchait.

– Bon... d'accord... mais pourquoi ici ?

– Y s'ra tombé. Ce ravin, il est raide. Une jambe cassée et voilà ! Y peut plus sortir. L'orage arrive et... »

Chacun a imaginé Gaston, au fond du ravin, cherchant à remonter, sans y parvenir, les appels et… tout le reste. Édouard s'est repris, a secoué la tête :

« On est cons hein ? On a même pas regardé… »

Costes a eu une lueur d'espoir dans l'œil :

« C'est vrai qu'on est cons ! »

Il a posé ses chaussures et ses chaussettes, retroussé les jambes de son pantalon et s'est engagé dans l'eau. Ses pieds ont fait remonter des volutes de vase marron. Pendant qu'il progressait, l'odeur, méphitique, lui soulevait le cœur, et il exhalait des « Pfff ! C'que ça pue ! » et se pinçait les narines. L'eau lui arrivait aux genoux et les feuilles mortes dérivaient autour de ses mollets. Le souffle court, Édouard le suivait des yeux.

Costes a soulevé les buissons précautionneusement et s'est figé. Sa voix, tout excitée, a surpris Édouard :

« Oh merde de merde ! C'est pas vrai ! »

Il est resté immobile et, tout à coup, il s'est mis à hoqueter de rire, sans pouvoir se contrôler ; les jambes de son pantalon ont glissé sans même qu'il s'en rende compte. Édouard le regardait sans comprendre. À la fin, il s'est emporté :

« Qu'est-ce que t'as à ricaner ? Bougre d'âne ! Qu'est-ce qu'y a ? Hé ? Tu réponds ?

– Oh merde ! Édouard ! On est trop cons ! C'est pas Gaston !

– Ben alors c'est quoi ? Oh ? Tu réponds oui ?

– C’est qu’un cochon. Putain ! Un cochon ! Et un gros !

– Un cochon ?

– Ouais ! Un sanglier quoi ! Ouh ! là ! là ! c’qu’y pue ! »

Costes a reculé, est sorti de l’eau. Il s’est planté en face d’Édouard. Les jambes de son pantalon dégoulinaient d’eau et de boue. Les deux hommes se regardaient et… ils ont éclaté de rire, tous deux ensemble, un rire nerveux qui les secouait de haut en bas, qui leur faisait mal au ventre, et les soulageait de l’angoisse irraisonnée qui les avait saisis, tout à l’heure, quand ils ne savaient que tenter d’imaginer une réalité sans consistance.

Quand le bon sens a repris le dessus, Costes a regardé son pantalon et a fait la grimace :

« J’vais être chouette pour rentrer. Grandier va encore me regarder de travers. Y comprend pas qu’on puisse courir dehors toute une journée et qu’au retour on soit pas prêt pour la revue !

– Oh ! Grandier ? T’auras qu’à lui expliquer ! Qu’on s’emmerdait ! Alors on a chassé le sanglier ! »

Costes a souri avant de commenter :

« Dis donc ! J’ai eu peur hein ? Et si ça avait été le type là… Gaston… ?

– Ouais ! T’as raison. On cherche… on cherche… mais on s’attend pas à ce qu’on va trouver. J’connais ça… Ça m’est arrivé déjà… dans le bled.

– Ah bon ? Tu m'as jamais raconté…

– Ben, c'est pas des choses qu'on aime se rappeler. Crois-moi… Allez ! On y va ! Ça fera sécher ton froc ! »

Ils ont remonté la pente du ravin.

* *
*

Tout le restant de la journée, Édouard n'a pas été à ce qu'il faisait. Ses pensées tourbillonnaient sans cesse. Elles allaient d'Anna à Marchand, puis à Gaston, ou à Mathias. Quelquefois aussi, elles s'égaraient vers des cadavres d'hommes qui avaient été bien réels ceux-là, il y avait peu, de l'autre côté de la Méditerranée, séchés au soleil ou crevassés de croûtes rouillées. Les recherches ont pris, tout à coup, une tournure nouvelle, parce qu'un cadavre d'animal avait mis une réalité accablante sur ce qui, jusqu'alors, ne s'était pas encore matérialisé. Ce Daurel, que Costes et lui cherchaient, ce Gaston que ni l'un ni l'autre ne connaissait, ce type était mort, très sûrement, et son cadavre se cachait, et commençait à se décomposer, quelque part dans ce Dévoluy qui le dérobait aux regards de ceux qui suaient sang et eau pour le retrouver.

Quand Édouard pensait à Anna, il était certain qu'elle, comme lui jusqu'à tout à l'heure, n'avait pas pris conscience de la réalité encore. Elle s'illusionnait, croyait au miracle, s'imaginant un Gaston en souffrance quelque part. Il s'est demandé si le choc provoqué par la vue d'un cadavre comme celui du sanglier aurait dessillé les yeux d'Anna. Oui, sans doute. Mais voilà, c'était impossible. Peut-être aurait-il fallu déjà le lui dire tout crûment ? Peut-être fallait-il lui expliquer qu'un homme, fort ou non, endurant ou non, ne pouvait résister aussi longtemps et, qu'à la longue, il devenait ce que Costes et lui avaient découvert dans le ravin ?

Bientôt, ses réflexions ont changé de cours. Il revoyait Marchand penché sur la table, les bras en berceau protégeant le fusil, et la vieille derrière qui roulait des yeux furibonds. Marchand… C'était bizarre qu'Édouard n'ait pas eu vent de quelque chose plus tôt, ce Marchand qui était venu de lui-même faire connaissance, la première fois, chez la Rose. Il avait chargé Gaston alors qu'on ne lui demandait rien mais, jamais il n'avait parlé de ce fameux fusil. Et maintenant, il semblait que l'arme avait changé de main, et que ce transfert coïncidait avec la disparition. Édouard a décidé qu'il en aurait le cœur net, dès ce soir. Il faudrait jouer fin. Après tout, Marchand pouvait se targuer d'être le propriétaire du fusil et il n'y avait rien pour prouver que Gaston était mort, et que Marchand l'avait tué, avec le fusil de surcroît.

XX

Transes pour Marchand

OCCUPÉE DERRIÈRE SON COMPTOIR, la Rose a vu arriver Édouard. Quand il a passé la porte, son imposante silhouette a occulté la lumière qui venait de la place. Il a lancé : « 'soir ! » et, sans s'arrêter, il a gravi l'escalier dont les marches ont gémi sous son pas lourd et fatigué. La Rose s'est tournée vers Marion apparue à la porte de la cuisine. Elle a fait une grimace signifiant que ça allait mal. Les deux femmes ont entendu la porte de la chambre s'ouvrir et se fermer. La clé pendait, inutile, au tableau, depuis le premier jour. Édouard ne fermait pas sa chambre à clé. La Rose, pourtant curieuse, n'avait jamais tenté de regarder quoi que ce soit. Elle n'arrivait pas à s'expliquer sa réserve.

Édouard est redescendu, il s'était changé et, sur son visage, la Rose a lu une préoccupation inhabituelle :

« Ç'a été aujourd'hui ?

– Bof ! Comme d'habitude…

– Vous avez l'air rincé ?

– Ah oui ? Vous trouvez ? En tout cas, j'ai faim !

– Marion ! »

Édouard s'est installé. Son couvert était prêt. Il a attaqué l'assiette de charcuterie que Marion venait de poser devant lui.

Il en était au fromage. Ses traits avaient retrouvé leur placidité coutumière. Deux hommes sont entrés qu'Édouard connaissait maintenant, et qu'il appelait par leurs prénoms : Jean-Claude et Dédé. Ils ont jeté :

« Salut la compagnie ! Alors ? Toujours rien ? »

Ils avaient l'air de se fiche de la réponse. Édouard s'est contenté d'un vague signe de la main. Ils se sont assis à une table et ont commandé une bouteille de vin. Ils se sont mis à discuter tranquillement. Édouard s'est levé pour sortir ; la Rose a tiqué : il n'avait pas commandé de bière, ainsi que cela se produisait de plus en plus souvent. Il est passé devant le comptoir et Marchand est arrivé.

Édouard et Étienne se sont croisés :

« Tiens ! Salut Étienne ! Je me demandais ce que tu devenais…

– 'soir ! Édouard… 'soir ! Rose… »

Étienne a évité le regard d'Édouard et est allé s'asseoir à la table de ses deux compères qui l'ont moqué :

« Tiens ! Un revenant ! Dis donc ! On te croyait mort !

– Salut vous autres ! J'suis pas mort mais… le boulot hein ? »

Il a commandé une bouteille. Édouard est sorti. Il est allé s'asseoir dans l'Aronde pour attendre. Il savait que ce serait long.

* *
*

Il s'est réveillé en sursaut. Il avait la bouche pâteuse et sa nuque lui faisait mal. Il a juré. La nuit était tombée et il a pensé qu'il avait « poireauté » pour rien. Il a jeté un coup d'œil vers le café, à quelques mètres. L'ouverture de la porte se découpait, jaune paille, sur la façade noire, et la fenêtre, à côté, éclairait trois pots de géraniums dont on devinait les fleurs rosâtres. En dessous, on distinguait un vélo appuyé au mur.

Édouard a mis la main sur la poignée de la portière pour descendre de la voiture quand Marchand est sorti. Sur le seuil du café, il a hésité comme quelqu'un qui ne savait plus s'il fallait partir vers la droite ou la gauche. D'un pas incertain, il est allé jusqu'au vélo qu'il a saisi et tenté d'enfourcher. Il a failli tomber et Édouard, qui avait entrouvert la portière, l'a entendu marmonner quelque chose. Étienne a fait une autre tentative, tout aussi infructueuse. Il a sacré, a saisi le vélo par le guidon avant de partir, à pied, en poussant l'engin. Il parlait tout seul. Il est passé près de l'Aronde dans laquelle Édouard s'est fait tout petit. Étienne, l'air absorbé, poussait son vélo et surveillait ses pieds qui raclaient le gravier de la route. Édouard a attendu quelques secondes. La Rose est apparue, a inspecté la rue et la place avant de fermer la porte du café dans lequel les lumières se sont éteintes. Le gendarme est descendu de la voiture, a poussé la portière, doucement, et s'est engagé dans la rue, derrière Étienne dont on entendait les pas, plus haut, et le cliquetis de la roue libre du vélo.

Très vite, ils sont sortis du village. Étienne n'était pas difficile à suivre. Il allait lentement, faisait des pauses fréquentes durant lesquelles il soliloquait, entrecoupant ses phrases de rires brefs. Il reprenait sa marche hésitante. Édouard ne le voyait pas, mais le savait devant lui. La nuit était piquetée d'étoiles et la clarté juste suffisante pour laisser deviner le ruban clair de la route.

Ils ont parcouru un kilomètre environ quand la lune, très blanche, est venue s'ébrécher au-dessus de la barrière du Faraut. Édouard, par jeu, la regardait se former jusqu'au moment où le disque complet, bien rond, a entamé son ascension dans un ciel tendu de noir. Il a pensé à la lune des fous que sa mère lui avait toujours recommandé de fuir, à moins d'être coiffé d'un solide chapeau. Et, ce soir, il était tête nue… Étienne, lui, portait un béret.

Les deux hommes avançaient maintenant en rase campagne. Autour d'eux, les sommets brillaient à peine dans une lumière perlée. Édouard a pressé le pas pour rejoindre Étienne. L'autre ne l'a pas entendu arriver. Quand il a senti une main sur son épaule, il s'est figé et a lâché le vélo qui s'est renversé avec un bruit de ferraille dans lequel tintait, incongru, le grelot argentin de la sonnette. Édouard a dit, très fort :

« Ho ! Étienne ! C'est Édouard !

– Ah ben ! Ah ben ! T'es dingo ! Tu m'as foutu une de ces trouilles ! T'es vraiment dingo ! »

Il tremblait et n'arrêtait pas de répéter :

« Il est dingo ! Il est dingo ! … »

La roue arrière du vélo tournait lentement avec un cliquetis. Elle s'est enfin arrêtée. Édouard a remis le vélo sur ses roues et a invité gentiment :

« Allez va… Excuse-moi ! J'vais pousser ta bécane. Viens on continue.

– Ouh ! là ! Pas tout de suite ! Faut que je me remette ! Merde ! Toi alors ! »

Étienne a franchi le fossé, difficilement, avant d'aller s'asseoir lourdement dans l'herbe d'un pré que la route longeait. Édouard s'est installé à côté de lui. Ils sont restés silencieux un long moment. Étienne surveillait Édouard, sans en avoir l'air, la tête un peu penchée. Le gendarme attendait. Étienne s'est lancé :

« Ben ! Comment que ça se fait que… ?

– Oh ! Le hasard… Je me baladais…

– Tu te baladais ? À c't'heure ? Tu te fous de moi ? Déjà la journée, ça te suffit pas ? »

Édouard a ri :

« Eh ! Pourquoi pas ? Et toi hein ?

– Oh moi ? J'rentre chez moi… c'est tout…

– J'vois ça… Alors ? Le boulot ? C'est fini ? T'as pu redescendre ?

– Mmmm… ouais…

– Ça faisait plusieurs jours qu'on te voyait plus… À propos… Ta mère ? Ça va ? »

Étienne n'a pas répondu, il regardait, entre ses jambes, l'herbe qui brillait faiblement. Édouard a enfoncé le clou :

« Elle avait pas l'air content l'autre jour. J'me demande pourquoi… Toi, qu'est-ce que t'en penses ?

– Ah ! ben… Est-ce que je sais moi ? Les femmes… Ma mère des fois elle râle on sait même pas pourquoi…

– Ouais… les femmes, comme tu dis… Enfin, y m'a semblé que c'était à propos de ton fusil. J'me trompe ? »

Étienne s'est redressé, l'air vindicatif. Il a coassé :

« Hein ? Mon fusil ? Qu'est-ce tu racontes ? J'fais c'que je veux avec mon fusil ! Merde alors ! Manquerait plus que ça ! »

Il avait insisté sur le « mon ». Édouard l'a laissé se calmer un peu, puis :

« Quand même… ta mère… j'la comprends… nettoyer un fusil… à c't'époque… même si c'est un beau fusil… T'aurais pu attendre non ?

– Oh merde ! Tu vas pas t'y mettre aussi ? Non mais… »

Il était en colère. Il a fait mine de se lever. Il bafouillait. Édouard lui a posé la main sur l'épaule :

« Ben… Te fâche pas voyons ! On cause, c'est tout. C'est vrai quoi. Ton fusil, y me plaît. J'en ai rarement vu des comme ça. C'est un modèle récent non ? Et… et… sûrement pas donné hein ? »

Étienne a fait une nouvelle tentative pour s'en aller. Édouard a accentué la pression de la main sur l'épaule. Étienne s'est mis à gigoter :

« Merde ! J'veux rentrer ! C'est pas l'moment de parler de ça ! C'est mon fusil, un point c'est tout ! Tu m'emmerdes avec ça !

– Oh ! T'as le temps. On n'est pas bien là ? T'as peur de te faire enguirlander ?

– Ben…ben… J'fais c'que je veux !

– Écoute… Moi, ton fusil, y m'intéresse. Alors, à ton copain Édouard, tu peux bien lui en parler non ? »

Étienne s'est raidi. Il a repoussé la main d'Édouard. Il a craché :

« Mon copain ? T'es pas mon copain. Et j'ai rien à te dire. D'abord… d'abord tu m'embrouilles avec ta bière… c't'saleté que j'en avais jamais bu avant et… à présent… c'est mon fusil ! Putain ! T'es qu'un gendarme quoi… comme tous les autres ! »

Il s'est tu. Il regardait devant lui, fixement, et ses deux mains s'étaient refermées entre ses cuisses. Édouard a attendu avant de parler :

« Tu sais, Étienne, j'suis pas allé te chercher moi… Rappelle-toi, c'est toi qui es venu… J'dis pas qu't'as eu tort, non… mais hein ? Faut pas renverser les rôles… Et, tu sais, pour le fusil… vaut mieux que tu m'en parles à moi… C'est vrai, les autres gendarmes, comme tu dis, y pourraient s'étonner non ? C'fusil ? Y doit coûter cher ? Alors ? Y vont te demander comment t'as fait ? Et tes copains, à la société de chasse ? Imagine qu'ils l'aient vu ailleurs hein ? Et ta mère ? avec les gendarmes qui lui demandent ?

– Et… Et… pourquoi qu'y demanderaient ça hein ?

– C'est vrai… pourquoi qu'y demanderaient ? Après tout, "ton" fusil, j'dis bien, "ton fusil", personne l'a jamais vu avant pas vrai ?

– Ben… ben… Il est à moi c'fusil ! Merde alors ! J'l'ai payé assez cher ! Ouais, personne dira le contraire !

– T'es sûr ? Alors pourquoi que tu te fâches ? Tiens une supposition ? On te demande où tu l'as acheté ? »

Étienne a ricané :

« Manufrance ! Ouais, Manufrance, par catalogue !

– Et, bien sûr, t'as la facture… avec ton nom dessus ? Et tout, et tout… ?

– Ben… la facture… j'ai dû la perdre… »

Il avait retrouvé un peu d'assurance. Édouard a remarqué :

– Note bien, c'est pas grave… Manufrance y z'ont une copie, sûrement. Ces boîtes-là, y sont pas comme nous, y sont organisés. »

Étienne a respiré un grand coup. À nouveau, il a voulu se lever. Édouard a intimé :

« Reste-là ! Alors ? Cette facture ? T'es sûr que tu l'as perdue ? »

Étienne s'est dégonflé, comme une baudruche. Il s'est mis à pleurnicher :

« J'le savais nom de D… ! J'le savais ! J'aurais pas dû l'écouter !

– Qui ça ? C'est qui que t'aurais pas dû écouter ?

– L'autre salaud… le Gaston… »

Les mots ont coulé, par petits flots inégaux, qui vidaient la mare dans laquelle ils stagnaient depuis quelque temps, et où ils avaient fermenté. Étienne les laissaient s'en aller, la bouche amère :

« Ce salaud… y m'a presque forcé… j'voulais pas moi… on partagera qu'y disait… Tu parles ! Moi, j'ai payé ma part… comme un con… et lui il a gardé le fusil ! J'avais beau lui demander… y s'foutait de ma gueule ! Attends qu'y disait ! Ton tour viendra ! Tu parles !

– Et… ton tour ?… Il est pas venu.

– Ben non… même si on s'est engueulés, plusieurs fois…

– Chez la Rose non ?

– Ben oui… Et, comment tu le sais ?

– Bof… Peu importe… »

Étienne a pris un air chafouin, même si le regard était un peu traqué :

« Justement si. Le fameux samedi… On est rentrés ensemble, moi et Gaston. C'est pourtant pas mon chemin mais, ce fusil, j'le voulais ! On avait pas mal “mouillé la meule”, enfin, comme d'habitude… On a discuté, tout du long… Pour en finir, y m'a dit comme ça qu'y me le prêterait le fusil. Ce salaud ! Tu te rends compte ? Me le prêter, alors qu'il est à moi ? Y m'avait fait le coup déjà, mais… j'ai marché. L'dimanche matin, j'suis revenu…

– T'es venu chez Gaston ?

– Ben oui ! »

Étienne baissait la tête. Il avait le même air de gamin grondé qu'Édouard lui avait vu devant sa mère :

« Et alors ? Anna… euh… la femme de Gaston était là ?

– Ben non… L'aut' salopard, il était tout seul, y dormait.

– Y dormait ? Comment qu't'as su ? T'es allé dans sa chambre ? »

Étienne ne s'est pas étonné de la question. Il a poursuivi, semblant réciter une leçon bien apprise :

« Y roupillait sur la table.

– Tu te moques de moi ?

– Pisque je te le dis… sur la table. J'l'ai bien vu, à travers la fenêtre…

– Alors tu l'as réveillé ?

– Non mais, tu rigoles ? J'en ai profité oui !

– T'en as profité ? Tu l'as… ? Tu l'as… ? »

Étienne a émis un rire grinçant :

« J'ai pris l'fusil voilà ! Et j'ai foutu mon camp ! »

Édouard a réfléchi. À quelques centimètres du sien, il scrutait le visage d'Étienne et ce visage était pâle sous la lune, une couleur de plomb, et la sueur perlait, en infimes gouttelettes, une rosée incertaine qui mouillait les ailes du nez et la lèvre supérieure au-dessus de la bouche. Il a constaté, comme une évidence :

« Y devait roupiller fort Gaston pour qu'y t'ait pas entendu quand t'as pris le fusil ? »

Étienne s'est mis à rire, un rire qui gargouillait, un rire qui n'était pas gai du tout :

« C'con-là, y s'est rendu compte de rien ! Pour une fois, c'était lui le couillon ! Ha ! Ha !

– Et… personne t'as vu ?

– Ben non ! J'ai fait attention hein ! Et… l'Gaston… c'est pas lui qui dira le contraire !

– Et… tu m'as dit que c'était quelle heure déjà ? »

Étienne a secoué la tête. Il a semblé réaliser quelque chose. Ses lèvres bougeaient sans que n'en sorte aucun son. Brusquement, il a bougonné :

« Toi aussi tu me prends pour un couillon hein ? J't'ai même pas dit l'heure ! D'abord, j't'dirai plus rien ! Rien de rien ! »

Avant qu'Édouard n'ait pu réagir, il s'est relevé. Il a titubé, juré, a retraversé le fossé. Il a mis le vélo debout et s'est appuyé dessus, une main sur le guidon, l'autre sur la selle. Tourné vers Édouard, il a craché :

« J'suis pt'être con hein ? Mais voilà… Tout ce qu'on a dit depuis tout à l'heure ben, ça compte pas. D'abord, t'es même pas en uniforme. Alors, va te faire foutre ! Je dirai plus rien. L'fusil, c'est le mien et c'est pas Gaston qui viendra dire le contraire ! Faudrait d'abord que tu le trouves ! Et ça… c'est pas demain la veille ! Cherche Édouard, cherche ! »

Il a commencé à marcher sur la route, deux ou trois pas incertains, s'est arrêté :

« C'est pas de sitôt qu'y viendra le reprendre le fusil ! Putain d'Gaston ! Y fera plus chier personne maintenant, ni moi, ni sa femme, ni personne ! »

Édouard était assis dans l'herbe. Il n'a pas fait un geste en direction d'Étienne qui s'éloignait, parlait tout seul et ricanait.

XXI

Ultimatum

« ALORS C'EST VRAI, vous arrêtez tout ?
– Oui, on arrête. À quoi bon s'obstiner hein ? Grandier, à la gendarmerie, c'est ce qu'y dit… que maintenant, on trouvera plus ou alors, par hasard… »

Mathias a étouffé un petit rire :

« Le hasard ? T'y crois toi ? »

Il a donné un dernier coup d'œil dans la remise, a flatté Nanette de la main avant de sortir en repoussant le portillon de bois derrière lui. Il a fait quelques pas dans la cour et s'est arrêté. Il a regardé Édouard d'un air dubitatif. Il avait envie de dire quelque chose mais, manifestement, ne savait par où commencer. Abruptement, il a demandé :

« Tu l'as dit à Anna ?

– Non, pas encore.

– Pfffuuuiit ! J'sais pas comment elle va prendre ça…

– Ben… J'pense comme toi… Des fois, j'me dis que j'aurais dû lui dire plus tôt, la préparer quoi…

– Oh non ! T'as bien fait ! »

L'étonnement peint sur le visage, Édouard a fixé Mathias :

« Qu'est-ce que tu me dis ? J'comprends plus... Y m'avait semblé que, depuis le début, t'étais sûr qu'on le retrouverait pas, Gaston...

– Eh ! J'ai jamais dit ça...

– Tatata hein ? Des fois, t'étais là à te foutre de nous, ou presque, parce qu'on cherchait n'importe où d'après toi ! Dis que c'est pas vrai ! »

Mathias a baissé le nez. Il a mis ses deux mains dans ses poches. Il est allé s'adosser au portillon :

« C'était manière de parler... Je vous ai quand même aidé non ? Enfin... un peu... Mais, Anna ? Bon sang ! Qu'est-ce qu'elle va dire ?

– Je sais... Ça va être dur. Elle y croit encore, contre toute logique. Je tâcherai de lui expliquer.

– Ouais... Faut l'faire, pis... faut que ce soit toi. C'est à toi de le faire !

– Ah bon ?

– Oui, oui... Elle te fait confiance... enfin... y m'semble...à c'qu'elle m'a laissé entendre...

– Tu parles ! De toute façon, quand elle saura le reste... »

Mathias a levé le nez. Il avait l'air inquiet tout à coup :

« Le reste ? Quel reste ? Y a autre chose ?

– Oui, y a autre chose... J'devrais pas le dire mais... à toi... je peux. J'sais que t'iras pas répéter.

– Bon ! Restons pas là… Viens t'asseoir, on boira un coup. »

* *
*

Édouard regardait Mathias fouiller dans le buffet et refaire ces gestes qui, à chaque fois qu'ils se répétaient, resserraient un peu plus les liens ténus qui s'étaient tissés entre les deux hommes : les verres à fleurs, la bouteille de cassis, l'eau fraîche. Mathias a tout posé sur la table et eux étaient de chaque côté. Il a saisi la bouteille de cassis, a commencé, précautionneusement, à en ôter le bouchon :

« Alors, ce reste ?

– Ben voilà… J'crois pas que Gaston est perdu. Je pense que quelqu'un s'est occupé de lui ! »

Mathias s'est figé. Son visage s'est fermé et ses mâchoires se sont contractées. Il a remis le bouchon en place, dans le goulot, et a posé la bouteille sur la table. Il a dit, et sa voix sifflait un peu :

« Et toi, bien sûr, tu sais qui s'est occupé de Gaston ! »

C'était un constat froid mais la voix cachait mal une moquerie, voire une menace voilée :

« Et… on peut savoir ?

– J'crois que c'est Marchand. Étienne Marchand. »

Mathias a éclaté de rire, un rire énorme, et sa main a balayé la table devant lui, renversant la bouteille et un verre qui est allé s'écraser sur le sol où il a éclaté avec un bruit clair et sec. Brusquement, Mathias s'est arrêté de rire. Il a regardé Édouard, puis la bouteille qu'il a remise d'aplomb. Il s'est levé, a saisi un balai pour pousser les éclats de verre dans un coin. Il ne riait plus, et se taisait. Enfin, il a bougonné :

« J'sais pas ce qui m'a pris… Merde ! J'ai cassé un verre. C'est le premier. Suzanne va pas être contente. »

Il a pris un autre verre dans le buffet. Il a servi le cassis et l'eau. Ils n'ont pas bu. Mathias se mordillait les lèvres. Il a fait un effort, un gros effort, pour constater :

« C'est pas Marchand.

– Si ! C'est probablement lui.

– Non !

– Si ! »

Ils se sont dévisagés, comme deux gamins querelleurs. Mathias s'est moqué :

« Comment qu'tu le sais ? »

Édouard a raconté la rencontre de la veille, dans le pré, avant de revenir sur sa visite chez les Marchand au cours de laquelle il avait vu Étienne nettoyer « son » fusil :

« Et "son" fusil, comme y dit, y ressemble comme un frère à celui de Gaston ! »

Mathias a ironisé :

« Dis donc ! Tu connais tous les fusils du coin toi ! Ç'ui de Gaston, tu l'as déjà vu ?

– Non, mais Anna me l'a décrit. Et... de toute façon, Étienne, il a reconnu qu'il était venu le prendre. Alors... ?

– Alors, ben alors... C'est quand même pas lui !

– Bon ! C'est pas lui ! Et... c'est qui hein ? Qu'est-ce qui te faut ? Gaston et lui, y pouvaient plus se sentir. Y se sont engueulés, plusieurs fois, et devant témoins encore ! Et tout ça, pour ce fusil qui était chez l'un et, à présent, il est chez l'autre, et ç'ui qui l'avait en premier ben, comme par hasard, il a disparu. Pfffuuuiit ! Envolé !

– P't'être... Mais, c'est quand même pas Marchand !

– Dis donc Mathias ? T'as décidé de me contrarier ou quoi ? T'en as discuté avec Nanette ? »

Mathias a baissé la tête, l'air obstiné. Édouard a renchéri :

« Quoi qu'il en soit, j'vais être obligé de raconter tout ça à Grandier et, ce coup-ci, y aura une enquête sérieuse, c'est sûr. C'est pas moi qui la ferai, et c'est tant mieux. Ça m'amuserait pas du tout. Mais, faut que je le dise... »

Il a bu lentement et il n'a pas aimé le goût du cassis. Il a fait la grimace et a regretté le goût de la bière et ce qui l'accompagnait... Mathias le fixait et, lui, ne buvait toujours pas. Il a même repoussé son verre. Il a dit lentement, comme à regret :

« Tu le feras pas… Tu diras rien…

– Et pourquoi ça ?

– Je vais te le dire pourquoi. Parce que… parce que c'est pas Étienne. Moi, j'l'ai vu quand il est venu et… qu'il a embarqué le fusil. J'l'ai vu… et… et… Gaston… ben, il était déjà mort ! »

Édouard a posé son verre. Il a commencé de se sentir mal à l'aise :

« Attention à ce que tu dis Mathias. J'te rappelle que t'as toujours prétendu qu't'avais rien vu hein ? ni personne… »

Mathias a baissé la tête avant de convenir :

« C'est vrai. J'ai menti. Mais, n'empêche… Quand il est venu l'Étienne, c'était vers les 11 heures et… et… oh merde ! …, Gaston il était déjà mort… »

La voix d'Édouard a tremblé, de colère et de crainte irraisonnée :

« Comment tu sais ça ? Mathias ? Comment que tu le sais ?

– J'le sais voilà… Faut qu'tu me croies… J'le sais… »

Alors a commencé une longue confrontation silencieuse. Les deux hommes étaient l'un en face de l'autre, mais il y avait maintenant bien plus qu'une table pour les séparer. L'animosité ou la colère n'entraient aucunement dans le grand vide qui s'était creusé, d'un seul coup, et dans lequel aucun des deux ne voulait s'aventurer. Après un temps que ni l'un ni l'autre n'avaient mesuré, Mathias a bredouillé :

« Vaut mieux qu'tu t'en ailles j'crois…

– Ça, c'est plus possible. Faut qu'tu comprennes… C'est plus possible. Je partirai pas tant qu'tu m'auras pas dit. Quand Grandier viendra…

– T'as qu'à pas lui raconter à Grandier et… y viendra pas… et… Anna aura la paix…

– Mais… c'est pas possible ! Mathias ! Mathias ! Tu sais bien que je peux pas ? On s'connaît pas depuis longtemps mais hein ? T'en sais assez sur moi non ? Alors, même si toi et moi…

– Oooooh ! Merde ! Merde de merde… Et tout ça à cause de ce démon ! Il a eu que c'qui méritait !

– P't'être… p't'être… mais il est plus là… Et tu dis qu'c'est pas Étienne… Donc, c'est quelqu'un d'autre. Hein ? Mathias ? D'abord, quand tu l'as vu mort, c'était quand ?

– J'sais plus… Vers 10 heures p't'être… ou un peu plus…

– Vers 10 heures ? T'es sûr ? Et il était où ?

– Ben, dans la cuisine… couché… sur la table… comme si y dormait…

– Ouuuh ! Alors, Étienne, y m'a pas raconté d'histoires… Ouuuh !

– Ben non… J'l'ai vu, Étienne, quand il est venu. Il est même pas entré dans la cuisine. Juste, il a regardé par la fenêtre… pis après, il a pris le fusil… dans la remise… et il a foutu son camp ! J'peux pas le laisser accuser hein ? Suzanne, qu'est-ce qu'elle dirait ? »

Édouard a laissé cette explication le pénétrer. Il l'a retournée dans tous les sens et plus il s'en imprégnait, plus il avait la sensation qu'elle l'étouffait, et Mathias, en face de lui, assistait à l'asphyxie, et s'asphyxiait lui aussi. Il a revu le film en noir et blanc :

« Ben... ben... elle l'a pas fait exprès hein ? Et, même, elle en sait rien... T'entends Édouard ? Elle s'est rendue compte de rien... Pour elle... il a disparu... c'est tout... Tu te rends compte ? Et... elle est là à se tourner les sangs... »

Il s'est mis à fixer le crucifix et il a raconté, avec des mots simples, les plus simples possible. De toute façon, ce qui était arrivé était tellement simple : le retour, les cris, les coups, et la main qui se levait avec la bûche, et qui frappait... et cette oreille qui avait saigné... « fracture du rocher », a murmuré Édouard...

* *
*

Bien plus tard, ils étaient encore l'un en face de l'autre, avec leur verre presque plein. Ils restaient silencieux et se regardaient par intermittence. Enfin Édouard a constaté :

« Tu sais ? J'me demande pourquoi tu veux qu'on dise rien... Après tout... Anna... Elle risque pas grand-chose hein ? On la condamnera pas pour ça… Un ivrogne… qui la bat… Elle s'est défendue… C'est tout. »

Mathias a retrouvé son visage dur, plus dur même qu'il n'avait jamais été. Il s'est levé, a vidé son verre dans l'évier et rangé la bouteille de cassis dans le buffet. Il a craché :

« Fous le camp ! »

Édouard n'a pas bronché :

« Qu'est-ce que j'ai dit ? J'sais de quoi je parle hein ? Elle risque rien… absolument rien !

– Non ! T'as raison ! Les autres, ils lui feront rien, eux ! Mais elle, hein ? T'y as pensé à elle ? Tu la connais pas assez non ? Tu la vois, Anna ? Toute sa vie ? Avec ça ? “J'ai tué Gaston ! J'ai tué Gaston ! J'AI TUÉ GASTON !”

Il criait. Il s'est calmé, d'un seul coup. Le visage blanc, il s'est rassis en face d'Édouard qu'il s'est mis à dévisager :

« Alors ? Alors ? »

Édouard secouait la tête, et regardait son verre sans le voir :

« Alors ? Alors… J'suis qu'un jean-foutre ! Bien sûr ! C'est toi qui as raison ! Anna… On peut pas lui faire ça ! On peut pas ! »

Il a pris sa décision, presque sans réfléchir, assumant déjà les conséquences s'il devait y en avoir. Le côté pratique lui est apparu très vite :

« On bouge pas, d'accord mais… Gaston… hein ? C'est toi qui … ? »

Mathias a ricané :

« T'occupes !

– Ben si ! J'veux savoir ! J'veux être sûr !

– T'en fais pas j'te dis !

– Si ! Faut que je sache ! On est deux maintenant, trois même… »

Mathias a retrouvé sa voix normale. Il a expliqué, calmement :

« Ben… J'l'ai mis dans un sac… un grand. Il était lourd tu sais ? J'l'ai chargé sur Nanette. J'ai eu du mal : elle voulait pas le porter ! Elle est intelligente Nanette ! Elle a dû sentir que c'était le diable ! »

Il riait, un rire sans joie :

« T'es fou Mathias ! T'es fou ! Et si on t'avait vu hein ?

– Ben, j'aurais dit que c'était moi qui… Et si y a quelque chose, ben, j'dirai que c'est moi. De toute façon hein ? À mon âge…

– T'es fou… Mais, y aura rien… Et qu'est-ce t'en as fait ?

– Ça te regarde pas !

– Alors là ! Pas d'accord ! Faut que tu me montres. J'veux être sûr !

– Bon… si tu y tiens. Demain, d'accord ?

– D'accord. Allez ! Je m'en vais ! Pour ce soir, j'ai mon content ! »

Mathias a opiné :

« C'est ça. Tu peux t'en aller. À demain ! Eh ? Oublie pas hein ? Anna… C'est à toi de lui dire que vous arrêtez tout. Et vite. Attends pas que les autres le fassent hein ? Anna… elle mérite pas ce qui lui arrive !

– Non… Elle mérite pas. J'vais le faire. C'est promis ! »

XXII

Vérité cachée

Édouard n'est pas passé chez la Rose ; il n'avait pas faim. L'impatience le tenaillait, qui le disputait à l'inquiétude : avec Mathias, on était rarement au bout de ses surprises. Il a laissé la voiture là où, maintenant, il avait ses habitudes. Il a ouvert le coffre et mis dedans tout ce qui pouvait rappeler qu'il était gendarme : le képi, les épaulettes, le pistolet… Il aurait volontiers changé de pantalon aussi, mais il n'avait rien prévu pour ça. Il a refermé la voiture à clef et a jeté un coup d'œil discret autour de lui en pensant que c'était un peu tard pour prendre des précautions, et que, si quelqu'un l'avait vu… Il a ri, tout seul, de cette mise en scène plutôt puérile mais à laquelle il avait réfléchi dans la journée. C'était Édouard Fauroux qui allait à la découverte de ce que Mathias avait si bien caché et pas le gendarme. Il a dit, tout haut :

« Sûr que de gendarme t'en es un sacré ! »

Il a commencé de remonter le chemin jusqu'à l'endroit d'où l'on apercevait la maison d'Anna. Il s'est arrêté ; on était en fin d'après-midi et il savait qu'elle était là. Il a tenté de l'imaginer. Elle devait travailler, certainement, à quelque chose de plus ou moins utile, mais elle devait travailler. Il la connaissait suffisamment bien maintenant pour savoir qu'elle n'était pas femme à rester sans rien faire. De temps à autre, elle devait mettre la main dans la poche de son tablier et toucher le chapelet qui s'y cachait. Elle devait le faire quand la perception de la peine à porter devait se faire trop forte.

Édouard était tenté d'aller la saluer mais il ne fallait pas. Il s'était rendu à la laiterie, en fin de matinée, pour la rencontrer. Il était tombé sur Louise qui l'avait arrêté, lui avait pris le bras, d'autorité, et l'avait entraîné dehors. Elle lui avait confié que Pierrard l'avait devancé et qu'il avait discuté avec Anna. Quand le maire était reparti, il baissait la tête et avait simplement confié au passage :

« Louise ! Faudrait que tu parles à Anna. Elle en a besoin. Les gendarmes, y z'arrêtent tout, pour Gaston. Paraît que les recherches ça sert plus à rien ! »

Ni Louise, ni personne d'autre, n'avait réussi à persuader Anna de rentrer chez elle. Elle avait préféré continuer à travailler, disant :

« C'est comme ça que ça ira le mieux… »

Édouard, d'abord, avait été furieux, contre lui-même, puis contre Grandier, puis contre le maire. Louise avait réussi à le convaincre que c'était déraisonnable. Anna était en peine certes mais cette peine n'aurait pas été moins lourde quel qu'ait été le messager qui la lui eût apportée. Avant qu'il parte, Louise avait confié à Édouard que, s'il voulait parler à Anna, le mieux était encore d'attendre jusqu'au samedi matin :

« Je sais qu'elle va aller à Mère Église. Anna, vous la connaissez un peu à présent. C'est pas une grenouille de bénitier mais… ces endroits… ça l'aide… »

Elle avait ajouté :

« Dans le fond, j'suis bien contente. Je devrais pas le dire mais… Anna… elle finira par s'apercevoir que c'est bien mieux comme ça ! Le Gaston… il lui en faisait trop voir ! Au moins, là où il est, il lui fichera la paix ! »

Édouard a traversé le pré. Il a commencé de se préparer aux remontrances qui ne tarderaient pas quand Mathias allait savoir. Bah ! Il suffirait de laisser passer l'orage. Édouard a levé le nez. L'orage justement, il pourrait bien finir par éclater avant la nuit. Du Pic de Bure aux Aiguilles et au Grand Ferrand, les nuages élevaient un mur gris ardoise et, de temps à autre, une saute de vent déroulait les langues invisibles d'un vent tiède qui léchait la peau et jetait en tous sens les petits parachutes des fleurs de pissenlit qui avaient séché.

* *
*

Mathias l'attendait dehors. Il était appuyé au mur, à côté de la porte d'entrée. Il avait son bâton à la main. Il a souri, vers les yeux, et a moqué Édouard, gentiment :

« Ah ! Te voilà ! T'es pas trop fatigué j'espère ? Va encore falloir que tu marches ! »

Ils se sont serré la main. Mathias a tiré la porte, sans fermer à clef :

« On sait jamais hein ? Vaut mieux fermer ! »

Le sourire, à nouveau, plissait les yeux qu'éclairait la malice. Il paraissait content de ce qu'il allait faire. Il est parti et Édouard lui a emboîté le pas. Ils sont passés à côté du jardin et sont entrés dans le bois. Ils ne parlaient pas. Au-dessus de leur tête, le vent ronflait, chahutant la cime des arbres mais, au ras du sol, on n'en percevait que quelques coulées qui s'enfuyaient, silencieuses, entre les troncs.

Ils ont marché ainsi, pendant une bonne demi-heure. Il n'y avait pas de chemin et, pourtant, Mathias n'hésitait pas. Il avait dû passer par là maintes et maintes fois, comme le démontraient les détours qu'il faisait, sans jamais chercher, pour éviter un ravin, un pierrier ou une concentration d'arbustes que n'aurait pu passer Nanette quand elle emportait « le diable » sur son dos. Bientôt, les arbres se sont espacés et le bois est devenu maquis. Les deux hommes étaient au flanc d'une pente moyenne où croissaient genévriers, busseroles et pins à crochets parmi des blocs abandonnés là depuis des siècles, depuis qu'ils étaient tombés des falaises grises qui barraient le ciel au-dessus et dans lesquelles des plaies rougeâtres marquaient le point de départ des éboulements. La pente allait, mourant, jusqu'au fond d'un petit vallon. Mathias s'est arrêté pour demander :

« Tu reconnais pas ? »

Édouard a écarquillé les yeux avant d'acquiescer. Ils étaient venus, Costes et lui, à cet endroit, par un autre itinéraire et Mathias les accompagnait. Mais tout avait tellement changé, et notamment en face, sur l'autre rive du thalweg. Une blessure balafrait la pente, laissant apparaître la terre grise. Tout du long, en dessous, des pierres avaient roulé, mêlées de terre, formant un remblai dans lequel pointaient, menaçants, les troncs mutilés d'arbres arrachés. La blessure commençait beaucoup plus bas, derrière une petite éminence, et s'arrêtait là où deux taches jaunes juraient dans le paysage : les bulldozers qui forçaient le passage dans le flanc de la montagne et préparaient ce qui, bientôt, serait une route qui emmènerait les voitures, là-haut, vers la future station de ski. Pour l'heure, les machines patientaient, immobiles et silencieuses. On n'entendait que le vent qui se peignait dans les aiguilles des pins à crochets et, là-bas, sur la route, échevelait des tourbillons de poussière grise.

Mathias s'est assis sur une pierre et, tout à coup, Édouard a retrouvé dans la posture du vieil homme celui qui était venu à quelques reprises, soi-disant pour aider aux recherches et qui, surtout, avait l'air de surveiller et d'épier ce que faisaient les gendarmes. Édouard s'est assis à son tour. Il regardait, et Mathias aussi regardait. Édouard a demandé :

« Pourquoi que tu m'as amené ici ?

– Ben, tu veux savoir non ?

– Oui bien sûr !

– C'est pour ça... mais, d'abord, faut que je te parle encore du pays. Les chouroums ? T'en as entendu parler ?

– Oui... J'ai demandé à Costes.

– Bon. Alors, j't'explique. Moi, dans mon idée, avec c'qu'on peut voir, là tout autour, y a pas de mystère. On en pâtit, ou pas, on en bave souvent mais on sait ce qui se passe pisque on le voit... »

Il a frappé le sol avec son bâton :

« ... Mais... là-dessous hein ? On sait pas, et ça ? Doit y avoir des choses pas catholiques là-dessous hein ? Tu te rends compte ? Tiens, toute cette eau qui tombe ici quand y pleut et qui disparaît... ni vu ni connu...

– Dis donc Mathias ?... Tu m'as pas amené ici pour me parler de la pluie et du...

– Oh mais ! J'y viens ! J'y viens ! Toi, tu crois savoir ce que c'est qu'un chouroum, mais t'en as jamais vu hein ? Moi j'en ai vu ! Et même j'en ai trouvé un, que personne connaît, que moi. Ah non ! Y a Maximin aussi. Même qu'il a failli pisser dans sa culotte quand je l'ai amené là-dedans ! Bon ! C'est vrai qu'il était gamin et que…

– Oh ? Où tu vas avec ton chouroum ? »

Mathias a fixé Édouard. Il y avait des reproches dans ses yeux :

« T'es pressé hein ? Si je t'explique pas, tu comprendras pas. Ce chouroum, il est pas comme les autres. Dedans, y a quelque chose qui souffle… ou quelqu'un. À mon idée, c'est le diable !

– ?

– Alors voilà. J'me suis dit que le Gaston, c'était là qu'y fallait le mettre ! C'était sa place toute trouvée !

– !

– T'as compris maintenant ?

– T'es fou Mathias ! T'es complètement fou !

– Non, j'suis pas fou ! Toi pôvre, le chouroum, t'y es pas allé ! C'est pour ça que…

– Arrête avec ton foutu chouroum… ? D'abord, il est où ?

– Ben, c'est ça qui est bien ! Avant, j'savais ! À présent j'sais plus ! Je le retrouve plus ! Avec leur sacrée route, y z'ont tout foutu en l'air. Le remblai a dû recouvrir l'entrée. Alors, maintenant, va savoir. Faudrait tout enlever, tout, et ça, c'est pas demain la veille. Et le Gaston hein ? Le diable, il est pas près de sortir ! »

Mathias s'est tu. Il avait maintenant un air pensif. Ses yeux suivaient la route, ou ce qui, bientôt, serait une route, avec des bas-côtés et de l'asphalte. Il y aurait des panneaux aussi, et des autos pleines de gens qui passeraient là et qui seraient joyeux. Il a parlé encore, pour lui-même :

« Maximin, il avait peur quand j'l'ai emmené là-dedans. Y regardait derrière lui quand on est ressortis, comme si “l'autre” allait lui mordre les fesses. Maintenant, il aura plus peur, ni Anna. Le diable, y pourra mener son train avec les autres mais… pour sortir… pouic ! Et Grandier et tous les gendarmes, y peuvent toujours courir… »

Il est redescendu sur terre et a regardé gentiment Édouard avant d'ajouter :

« T'as cherché pour rien mon pôvre ! Si j't'avais mieux connu, ben… j'te l'aurais dit plus tôt ! Mais j'pouvais pas savoir que tu te mettrais du côté d'Anna et de Maximin ! Alors, faut pas m'en vouloir… »

Il a conclu malicieusement :

« Et pis maintenant, le Dévoluy hein ? Tu sauras encore mieux ce que c'est ! »

Et il a fait le geste, avec les deux mains en coupe, et les sillons qui crevassaient la peau rugueuse.

XXIII

Week-end

LA ROSE ÉCOUTAIT, attentive, et Marion aussi ; toutes deux, sans s'être concertées, avaient suspendu leur activité. La Rose froissait machinalement le torchon dont elle essuyait les verres et Marion s'appuyait sur le balai lave-pont avec lequel elle nettoyait le plancher du café l'instant d'avant. De l'étage leur parvenait des bruits atténués, de placard qu'on fouillait, ou de tiroirs, de pas un peu lourds qui allaient et venaient. La porte de la chambre s'est ouverte et ne s'est pas refermée : un silence a succédé au bruit, le silence qui entoure celui qui jette un dernier coup d'œil avant de s'en aller définitivement. L'escalier a gémi et Édouard est apparu. Il était en civil, tête nue. Son sac de toile kaki pendait au bout de son bras droit et des vêtements se balançaient sur un cintre protégé d'une housse posée sur son bras gauche replié. Il a traversé la salle du café, sans mot dire. Il est sorti et on a entendu une portière d'auto s'ouvrir puis claquer quand il l'a repoussée.

Il est revenu, est allé vers le bar. La Rose et Marion n'avaient pas bougé :

« Alors ? Ça y est ? Vous partez ?

– Oui Rose ! »

Elle a émis un petit rire mouillé :

« Ça passe vite hein ? Combien ? Plus d'un mois ?

– Oh ! J'sais pas, j'ai pas compté !

– Et tout ça pour pas grand-chose hein ? Vous croyez qu'on le retrouvera un jour ?

– J'sais pas... Un ramasseur de champignons, ou un chasseur p't'être... Allez savoir ! Mais... faudra un miracle j'crois ! »

Il a eu un rire de doute, un peu amer :

« Le Dévoluy hein ? On sait pas c'qui vous y attend ! »

La Rose a posé son torchon. Elle a saisi une chope :

« La dernière ? C'est la maison qui régale ! »

Il a levé la main en signe de refus, et le visage de la Rose a marqué une surprise navrée :

« Ben ? Qu'est-ce qui vous arrive ?

– Oh rien... rien... Tenez, puisque vous l'offrez, je boirais bien un petit café !

– Ah ! C'est mieux ! J'allais être fâchée vous savez ? »

Il a bu son café, sans sucre. La Rose regardait la main, forte et poilue vers l'attache du poignet.

Marion avait repris son travail et frottait le plancher, sans conviction.

Il a posé la tasse, s'est retourné ; ses yeux ont fait le tour de la salle avant de se poser sur Marion, vers laquelle il est allé :

« Au revoir Marion ! J'vais regretter ta cuisine tu sais ? J'voulais te dire… Maximin… Faudra bien t'en occuper aussi. Il en aura besoin parce que… parce que ce qui lui est arrivé, ben, ça s'oublie pas comme ça… D'accord ?

– Oui m'sieur Fauroux… D'accord, je m'en souviendrai… »

Il est revenu vers le bar derrière lequel la Rose attendait, les bras ballants :

« Au revoir Rose ! Faut que je vous avoue… J'étais presque comme chez moi ici ! En plus, je mangeais chaud à tous les repas !

– Au revoir Édouard ! Vous allez bien nous manquer ! »

Il est sorti. Les deux femmes l'ont suivi, quelques pas en arrière, et se sont arrêtées sur le seuil. Il est monté dans l'Aronde et a démarré.

* *
*

Il a traversé le village désert, lentement, sans entendre le clocher qui a sonné 10 heures. Il regardait distraitement de chaque côté de la rue. Plus loin, il est passé devant la laiterie et a pensé qu'il pourrait aller saluer Louise. Il n'en a rien fait ; il demanderait à Anna de faire la commission. Il a pensé à Étienne, qui n'avait pas reparu depuis le soir où Édouard l'avait un peu secoué, et qui n'oserait plus sortir le fameux fusil : Gaston allait le poursuivre de sa vindicte, au-delà de sa disparition... Quant à Mathias, ils s'étaient dit tout ce qu'il y avait à dire, la veille, en buvant un dernier cassis dans les verres à fleurs. Et Mathias avait traversé le pré avec lui, jusqu'au talus. Ils s'étaient serré la main :

« Adieu Mathias !

– Salut Édouard ! À un de ces jours ! Va savoir hein ? J'ai dans l'idée qu'tu pourrais bien nous faire une surprise. Grenoble, c'est pas tant loin ! Pis, à présent, tu connais la route hein ? En plus que t'auras du temps à pas savoir qu'en faire ! »

Il avait, dans l'œil, cette lueur malicieuse qu'Édouard y avait déjà vue.

* *
*

Édouard avait les mains un peu moites. Il a pris conscience, tout à coup, que le plus difficile restait à faire. Selon les caprices de la route qui montait au village de Gicons, il apercevait furtivement le clocher de Mère Église dont la fine silhouette grise jaillissait au-dessus de la mer verte des arbres, doigt minéral pointant le ciel, immobile dans la pente qui plongeait depuis la falaise surplombant le village.

Mû par un réflexe dont il n'a pas su deviner l'origine, Édouard a arrêté l'auto sur le bas-côté. Il avait décidé, tout à coup, de terminer l'ascension à pied, comme l'avait fait Anna avant lui. Elle était déjà là-haut. Il a marché lentement ; il regardait. Les recherches ne l'avaient pas amené dans cette partie du pays, mais c'était le Dévoluy aussi, et même presque plus que la partie qu'il en connaissait pour y avoir marché et souffert. C'était plus âpre encore mais, d'ici, tout se découvrait, mieux même que dans les mains de Mathias si c'était possible. Et il a eu une pensée admirative pour ces types un peu fous à ses yeux, ces moines qui, dans le temps, étaient venus construire une église au flanc de cette montagne impressionnante, sans doute parce qu'ils avaient senti que c'était là qu'il fallait le faire et nulle part ailleurs.

Bientôt, il a longé un petit mur. Derrière, en contrebas, se cachait un cimetière minuscule dans lequel il est entré. Les tombes étaient distribuées un peu au hasard, entre lesquelles l'herbe croissait, très verte, que quelqu'un devait couper régulièrement parce qu'elle était taillée court comme un gazon anglais. Il a erré parmi les tombes. C'était la première fois qu'il faisait ça : marcher dans un cimetière, comme à la promenade. L'endroit était propret, presque gai au centre de son cirque de montagnes que ceux qui reposaient là avaient tout loisir d'admirer. Certains devaient y être depuis longtemps : des couronnes vieillies égrenaient des perles minuscules, mauves, ou noires, ou blanches, sur des pierres tombales où ne se lisaient plus les noms et les dates, lavés et effacés par la pluie, la neige et le vent. L'église leur dispensait un peu d'ombre ; son clocher à flèche de pierre égratignait le ciel et le chaume de son chevet arrondi devait pleurer lentement sur eux quand le brouillard venait à envelopper la montagne.

Édouard a contourné l'édifice jusqu'au portail. Il n'est pas entré, il a attendu. Anna est sortie. Elle baissait la tête, encore absorbée dans cette prière qu'Édouard ne comprenait pas. Elle a pris conscience, au dernier moment, que quelqu'un était là : « Oh ! » Son visage a marqué une surprise un peu effrayée avant de s'éclairer d'un sourire :

« Bonjour Édouard ! Mais… comment avez-vous su ?

– Bonjour Anna ! C'est Louise qui m'a dit…

– C'est gentil d'être venu !

– C'est bien le moins non ? »

Anna a marché, Édouard l'a suivie. Ils ont fait ainsi quelques pas en silence, un silence qu'aucun des deux n'osait rompre. Comme autour d'un château fort, un chemin de ronde faisait presque le tour de l'édifice ancré sur une éminence rocheuse qui lui servait de socle. L'église occupait presque toute la place. Les bâtisseurs avaient concédé le peu de terrain à peu près plat, et dans lequel la terre permettait le creusement des tombes, aux morts qui avaient eu la priorité. Anna et Édouard sont allés jusqu'à la route. Édouard a rompu le silence :

« Voilà... Je suis venu pour m'excuser. J'aurais dû venir plus tôt... depuis que les... depuis que... enfin... quand on a décidé d'arrêter les recherches. C'était à moi de vous le dire.

– Oh ! Édouard, faut pas dire ça. Vous savez... ? J'imaginais que... c'est trop bête hein ? J'voulais croire qu'on le retrouverait. Bien sûr, j'avais tort...

– Ah ! C'est bien, Anna... Ça me soulage... Enfin, c'est pas ce que je voulais dire mais vous me comprenez, n'est-ce pas ? Y a ce qu'on voudrait et puis la réalité. Ça fait pas toujours bon ménage. »

Anna a regardé autour d'elle. Le petit muret, avec le cimetière en contrebas, semblait construit pour que les visiteurs puissent s'y asseoir, ce qu'elle a fait. Édouard a hésité avant de s'asseoir à côté d'elle qui a concédé :

« Oui... la réalité, comme vous dites... J'ai du mal m'y faire... mais ça viendra... Faudra bien... Y a qu'une chose que j'aurai du mal à accepter. Gaston... y sera pas au cimetière, à moins que quelqu'un, un jour... Qu'est-ce que vous en pensez ? »

Elle avait mis ses mains à plat sur la jupe tendue entre ses genoux. Les poignets se devinaient, un peu rouges. Édouard regardait les mains, et les poignets :

« Mmmm...Vous savez Anna... ? Le cimetière, pour moi... ça représente pas grand-chose... mais je le comprends quand même, pour les autres... Pourtant, je vais vous dire... ici... »

Sa grosse main à lui, au bout du bras tendu, sa main a fait le tour de la conque du Dévoluy qui s'ouvrait à leurs pieds, et se relevait vers l'horizon, du col de Rabou sur la gauche à l'Obiou sur la droite :

« ... Ici, ben... les morts... où qu'ils soient... je trouve qu'ils sont tous logés à la même enseigne. »

Anna a laissé son regard errer sans direction précise :

« Alors... vous pensez que le corps ?... »

Édouard a revu la route, là-haut, dans la montagne, et le remblai qui avait coulé, les pierres énormes, et les carcasses d'arbres arrachés. Les paroles de Mathias ont sonné à ses oreilles, vengeresses contre Gaston « ... qui n'était pas près de sortir ! ». Il a menti, un peu :

« Oh ! C'est pas impossible qu'un jour... mais... mieux vaut oublier ça. J'ai l'habitude vous savez ? Mieux vaut vous faire à l'idée que non. »

Anna a regardé ses mains :

« Je vous crois. C'est dur, mais je vous crois. Avec vous, j'ai confiance !

– Ben, j'suis pas infaillible non plus !

– Je sais, je sais. Mais vous, au moins, vous avez fait tout votre possible !

– Oui... et c'était bien peu !

– Dites pas ça. Moi, en tout cas, ça m'a aidée, beaucoup, vous pouvez en être sûr ! Heureusement que vous étiez là !

– Ah ? Si ça vous a aidée… alors… quand ce serait que pour ça… ça valait la peine ! »

Anna a ri, timidement, avant de demander :

« C'est vrai ce que m'a dit Mathias ? Vous arrêtez ? Gendarme, c'est fini ?

– Ben oui, en octobre.

– Ah ! C'est bientôt donc. Et… après ? À Grenoble ? Oh ! Je suis indiscrète !

– Non, non, vous ne l'êtes pas. Après, oui, ce sera Grenoble. J'y suis né hein ? »

Anna a hésité :

« Et… et… vous aurez du temps à vous ? Faudra… faudra revenir nous voir ! Grenoble, c'est pas si loin non ? Ça me fera plaisir… vraiment… et à Maximin, et à Mathias ! »

Édouard regardait les poignets rouges. Il avait envie de les saisir. Il a bredouillé :

« Ma foi... pourquoi pas hein ? C'est vrai que Grenoble est pas loin. Y suffit juste de vouloir. Comme m'a dit Mathias, plusieurs fois, "… pour monter en Dévoluy, y faut le vouloir !" »

Anna a ri, franchement :

« Ah ! Mathias ! Lui aussi, heureusement que je l'ai… et Maximin bien sûr ! »

* *
*

La voiture a basculé de l'autre côté du col du Noyer. Édouard conduisait très prudemment. Les virages se succédaient, très serrés, avec la pente un peu effrayante en dessous. Il lui a fallu presque une heure pour atteindre Saint-Bonnet. Il était midi, il faisait chaud. On était samedi et les terrasses des cafés étaient occupées par des gens en bras de chemise. Brusquement, Édouard a eu envie d'une bière. Il s'est arrêté à un bistrot qu'il connaissait et s'est installé sous un parasol. La serveuse a mis un petit moment avant de venir prendre sa commande et, pendant qu'il patientait, il revoyait Anna assise sur le petit muret, là-haut dans le Dévoluy qui avait disparu derrière la barrière de Faraut. Cédant à une impulsion subite, il s'est levé alors que la serveuse venait vers lui. Il s'est excusé gauchement :

« Excusez-moi… excusez-moi… finalement… j'ai pas soif ! »

Il a quitté la terrasse, ignorant les autres consommateurs qui le regardaient sans comprendre.

Échirolles, le 19 novembre 2006

Table des matières

Chez le même éditeur

Sagas familiales et destins singuliers sont au cœur des romans De Borée. Découvrez-les sans plus attendre.

ANGLADE Jean
Le Chien du Seigneur

AUCOUTURIER Alain
Aux innocents les mains pleines
La Mère-Nuit
Le Besacier
Le Bon Dieu dans les orties

AUDIDIER Robert
Les Sentiers de traverse
Le Voyage de Pierre Angibaud

AUJOULAT Noël
Le Village perdu

BARBET Jean-Louis
Le Chocolat des temps amers

BARTHOMEUF Georges
et ROUZAIRE Roger
Le Prix de la terre

BÉLARD Paul
Moissons d'enfance

BÉNÉ Robert
La Belle Virginie
La Belle Marguerite
La Belle Mathilde
Le Trésor d'Alpaïde
La Belle du Saint-Laurent

BERTHÈS Colette
La Mémoire des chemins

BESSON PIERRE
Un pâtre du Cantal

BOBÈCHE Adrien
La Fille de la meunière
Les Confitures du haut de l'armoire
Au vent des brandes

BORMANN Christian
Les Coulées douces

BOSQUET Roland
Les Yeux de Chloé

BOUCHARDY Christian
Le Fugitif de la Saint-Jean

BOUCHET Maurice
La Pierre au mercier
Le Chêne foudroyé
La Fille du pertuis
Là où disparaît le torrent

BOUDOU Josette
Les Grillons du fournil
La Maison d'école
Marie, fille des montagnes
Les Chemins de toile

BRIAND Charles
Le Foulard de l'aviateur

BUICHE Jean-Pierre
Une petite âme

CALLEROT Geneviève
Treize grains de maïs

CAPPEAU Marie Nicole
La Mule blanche
Chantemerle
Désacœur

CASTELAIN Anne-Marie
Le Loup du marais
Les Amours de Louise
La Promesse
Le Passant de l'été

CHALAYER Maurice
Les Promesses du haut pays
La Paix des collines
Un buisson d'aubépine
Le Secret de Jean

CHATRY Colette
Les Rubans roses

COGNÉRAS François
La Mémoire engloutie

COLLIN Yvon
L'Écorce amère

COSMOS Jean
La Dictée

DEMURE Jean-Paul
Les Rosiers de la rue Vermenouze

DRAVAINE Claude
Le Grand Domaine

DUHAMEAU Jacques
Le Vent du Peyradoux

DUPUY Daniel
Fontcouverte

FABRE François et RICHARD Jean
La Bête du Gévaudan

FARINELLI Bernard
Terre-Dieu

FRONTENAC Yvette
Les Années châtaignes
La Soupe des autres
Les Années chantepleure

GALLOIS Christiane
La Clairière aux genêts
Nanou, les doigts pleins d'encre

GIMBERT Yveline
La Méprise
L'Ombre des chênes

GONZALES Daniel
La Demoiselle du port

JAILLER Isabelle
La Ferme des hautes terres

JUBIEN Aurélie
Un jour d'octobre

JUDENNE Roger
Drôle de moisson
Les Terres brunes
Les Bons Jours
Une vie de dimanche

LABORIE Christian
L'Arbre à pain
L'Appel des drailles
Les Drailles oubliées
Le Secret des Terres Blanches
L'Arbre d'or

LAVARENNE Michelle
La Belle Vie d'Anna

LAVISSE Suzanne
Le P'tit Louis de la loge

LEDOUX Ivan
La Guerre des marrons

LEMAIRE Philippe
Les Vendanges de Lison
Le Chemin de poussière
La Belle absente
La Soureillade

MALLOUET Jacques
Années vertes, années noires
Japperenard

MICHELIN Yves
L'Héritage trahi

NAVARRO Christine
Le Bonheur en été
L'Échappée belle

NEGRI (DE) Gérard
La Brûlure des pierres

PALET (DE) Marie
Les Terres bleues
La Demoiselle
Retour à la terre
Tistou
Mademoiselle Fine
Amandine

PECOU Raymond
Allée des Alyscamps

PERRÈVE Paul
La Pierre levée
La Burle

PERROT Philippe
Les Pommiers sauvages

PINCE Jacques
Tustou et Marie
Les Premiers Sillons
Les Blouses grises
Le Goût du blé
La Vengeance de Bogis

PLAIT Annie
Les Longues Saisons

PONTY Monique
Un orage dans la tête

PUIJALON Bernadette
L'Œil du vivier
Un parfum de gentiane
L'Heure de l'alouette

QUEREILLAHC Jean-Louis
Trois sillons de terre rouge

RIPERT Pierre
Le Temps d'un été

ROCHE Florence
Des monts de Résistance

ROYER Roger
La Colombière
La Colline des Maures

SABOURIN Pierre
La Terre des coteaux
Le Boulanger de Saint-Laurent

SAND George
La Ville noire
Jean de la Roche
La Mare au Diable
Le Péché de monsieur Antoine tome I
Le Péché de monsieur Antoine tome II
Le Marquis de Villemer
François le Champi

SOYEZ Jean-Marc
La Vigne à Saint-Romain
Le Bonheur selon Félisse
Les Galoches de Julia
La Ramandeuse
Julia

STEVENSON Robert Louis
Voyages avec un âne dans les Cévennes

TAMAIN Louis
L'Encre violette
Le Renard
Le Temps de l'école – L'Encre violette

THOULON-LANGUET Michèle
Le Tablier bleu

TOUATI Claude-Rose et Lucien-Guy
Une maison dans les herbes

VAISSIÈRE Marie-Louise
Marie, fille de cocagne

VALETTE Paule
Les Feuilles du pêcher

VÉDRINES Jean-Pierre
Un jour d'orage
Froides Vendanges
Marie des vignes
Soleil de femmes

VERDIER Henri
La Fille du bénitier

VERRIER Michel
La Ferme des Pitaval

VINCENT Claude
Les Roses de l'hiver
La Révolte du père

VITTÉ Louis-Olivier
L'Enfant de la rivière
La Vallée des illusions

Découvrez l'univers de Maurice Bouchet

LES SOULIERS FERRÉS

Jeannette est institutrice au village. Sur le chemin de l'école, elle croise le chantier de chemin de fer où des prisonniers allemands travaillent. Michaël Berard, l'un d'eux, parle français et devient ainsi traducteur officiel. Un jour, alors qu'il consulte une carte géographique dans l'école du village, il tombe nez à nez avec Jeannette...

416 pages - 10,9 x 17,8 cm - 9782844944801 - 8 €

LA FILLE DU PERTUIS

Veuve de guerre, Miette élève seule son fils Augustin. Dans leur village de montagne, ils travaillent dur et vivent chichement. Leur seule distraction, c'est de lire, chaque soir et à tour de rôle, les deux uniques livres qu'ils possèdent. Mais ce rituel prend fin lorsque l'envoûtante Gaïa, fille de la nouvelle institutrice, débarque dans la vie d'Augustin. Le garçon conquis et fasciné l'entraîne dans des lieux connus de lui seul. Là, ils attendent ensemble le soleil de l'équinoxe...

264 pages - 13,5 x 21 cm - 9782844944252 - 17 €

www.deboree.com

LE CHÊNE FOUDROYÉ

Fruit des amours tardives de Rosa et Eugène, modestes paysans, Fernand a la réputation d'être un peu simple. Lorsque la vie se fait trop rude, il se réfugie sous un chêne isolé. Un chêne qui, un jour d'orage, devient l'incarnation de son malheur : Eugène meurt foudroyé alors qu'il s'abritait sous ses branches. Mère et fils doivent alors quitter la ferme pour la grande ville. Une nouvelle vie commence…

352 pages - 13,5 x 21 cm - 9782844942494 - 18 €

LA PIERRE AU MERCIER

Juin 1943 : la France est occupée, Gilou, un jeune citadin de neuf ans, est envoyé à la campagne avec Marcel, son frère de onze ans, pour échapper aux privations et laisser un peu de répit à leur mère enceinte. Mais un drame va bientôt toucher le petit berger, qui sera le détenteur d'un secret beaucoup trop lourd pour lui.

256 pages - 13,5 x 21 cm - 9782844941855 - 17 €

www.deboree.com

Romans

ALLÉE DES ALYSCAMPS
Raymond Pecou

Le retour de Vincent auprès de sa mère mourante n'est pas du goût des tantes qui craignent pour leur part d'héritage.

232 pages - 13,5 x 21 cm - 9782844947017 - 17 €

LA BELLE DU SAINT-LAURENT
Robert Béné

À l'aube du XVIIe siècle, le jeune Colin Noroît embarque pour le nouveau monde pour un voyage qui changera sa vie.

456 pages - 13,5 x 21 cm - 9782844947062 - 19 €

AU VENT DES BRANDES
Adrien Bobèche

Constant le déserteur échappe aux gendarmes en prenant l'identité de différents personnages.

288 pages - 13,5 x 21 cm - 9782844947031 - 18 €

SOLEIL DE FEMME
Jean-Pierre Védrines

Dénoncée pour avoir hébergé des enfants juifs, Fanny n'a qu'une seule possibilité : fuir, laissant derrière elle son mari Sylvestre et son tout jeune fils Vincent.

352 pages - 13,5 x 21 cm - 9782844946966 - 19 €

LE PASSANT DE L'ÉTÉ
Anne-Marie Castelain

Au détour des grandes vacances, Michèle croise le regard d'Alexandre dans une galerie d'art. Et son cœur s'emballe.

320 pages - 13,5 x 21 cm - 9782844946959 - 18 €

LE VOYAGE DE PIERRE ANGIBAUD
Robert Audidier

En pleine Occupation, sur le chemin qui le ramène à son village, un prisonnier fugitif multiplie les rencontres étonnantes.

384 pages - 13,5 x 21 cm - 9782844947048 - 19 €

LA MÉMOIRE DES CHEMINS

Colette Berthès

Le parcours initiatique d'un jeune homme au sein des Compagnons du devoir de liberté.

432 pages - 16 x 24 cm - 9782844946997 - 20 €

MARIE, FILLE DE COCAGNE

Marie-Louise Vaissière

Marie-Louise n'est guère enchantée à l'idée de rejoindre son grand-père dans les montagnes car cette nouvelle vie s'annonce rude.

352 pages - 16 x 24 cm - 9782844947000 - 19,5 €

LE SECRET DE JEAN

Maurice Chalayer

Jean Roche, jeune coupeur dans une usine de confection, revient muet de la Première Guerre mondiale. Pourquoi ?

256 pages - 13,5 x 21 cm - 9782844946980 - 17,5 €

LÀ OÙ DISPARAÎT LE TORRENT

Maurice Bouchet

Gaston, l'ivrogne du village qui bat sa femme Anna, disparaît mystérieusement, ce qui suscite autant d'angoisse que de soulagement.

288 pages - 13,5 x 21 cm - 9782844947055 - 17 €

LE TEMPS DE L'ÉCOLE

Louis Tamain

Des premiers émois de l'adolescence aux études de médecine, la vie d'un jeune homme dans une période troublée.

518 pages - 16 x 24 cm - 9782844946973 - 21 €

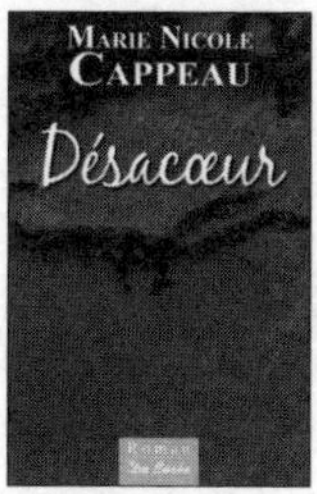

DÉSACŒUR

Marie Nicole Cappeau

Lasse de sa vie avec Pierre, un paysan qui ne pense qu'au travail et à l'argent, Marie-Paule s'enfuit de la ferme sur un coup de tête.

336 pages - 13,5 x 21 cm - 9782844947024 - 18 €

www.deboree.com